「ずいぶんと生意気な口を利くじゃないの。
アップデートで戦えなくなったくせに」
PLAYER CHARACTER
シル
PLAYER CHARACTER
ユーリ

「人を差し置いて最強宣言とは、
いい根性してるじゃねぇか。
いいぜ、相手になってやるッ！」

PLAYER CHARACTER
ザンソード
「拙者はこの世界において
『最強』のプレイヤーだと
自負している者だ。
あの日の屈辱、
晴らさせてもらうッ！」

クトゥルフ・レプリカが瞳をニタリと歪ませる。
咆哮とともに放たれる何百本もの舌の群れ。
粘液を帯びたそれらは
俺の身体に巻き付いていき、
瞬く間に行動を封じ込めた——。

ブレイドスキルオンライン
BLADE SKILL ONLINE
02

ゴミ職業で最弱武器でクソステータスの俺、
いつのまにか『ラスボス』に成り上がります!

Authoer
馬路まんじ
Illustration
霜降
(Laplacian)

BLADE SKILL ONLINE

02

CONTENTS

プロローグ　波乱の幕開け！　クソアップデート！

ゲーム開始から八日目。メンテナンスでログインできなかった昨日は大変だった。

学校で文化祭があったんだが、クラスの女子たち（＋なぜか一部の男子たち）に『仮装屋』というコスプレ衣装を貸してくれる出し物屋に連れていかれ、女物のドレスを着せられることになったのだ。

そうしたらみんなキャーキャー騒ぐわ、衣装を作った手芸部の先輩は「あぁ素晴らしいッ！　とんでもない逸材発見ですわーッ！」と鼻息を荒くしてメイクまでしようとしてくるわで大変だった。

しかもたまらず逃げ出したところで、ゴリゴリマッチョな体育教師と衝突して転倒。

ヤツは俺のことをクラスの男子とは気付かず、「大丈夫ですかい、お嬢さん？　よければこの後、オレと一緒に文化祭デートでも……!?」とナンパしてくる始末。当然俺は逃走したのだった。

そんな不幸すぎる体験から一日。俺はゲームにログインするや、さらなる不幸を味わうことになる。


「なっ、なんだこりゃー!?」

街の広場に降り立った瞬間、目の前に表示されたメッセージ。それを見て俺は大声を上げた。

・アップデートにともない、戦闘システムのバランス調整を行わせていただきました。
主な変更点は以下のものになります←

1：一部のプレイヤーの暴走を受け、サモナー系ジョブの効果によって仲間になったモンスターのステータスを、『0．8倍』に弱体化させます。

2：一部のプレイヤーの暴走を受け、巨大モンスターの再召喚までの時間を10分間から『一時間』に変更します。

加えて大変申し訳ありませんが、『ギガンティック・ドラゴンプラント』のレーザー攻撃の威力を減少することになりました。どうかご理解くださいませ。

3：一部のプレイヤーの暴走を受け、仲間になるボスモンスターは一種類につき一体までということになりました。

またボスモンスターは憑依《ひょうい》状態であるものを除き、一度に一体までしか召喚出来ないことになりました。

加えて大変申し訳ありませんが、『バニシング・ファイヤーバード』の飛行持続時間およびび高度を、『15分と20メートル』から『5分と10メートル』に減少することにしました。本当にご理解ください。
4：一部のプレイヤーの暴走を受け、アーツ『滅びの暴走召喚』の再使用までの時間を、10分間から『一時間』に変更します。また召喚できるモンスターの数は一度に百体までとします。どうかどうかご理解くださいませ（運営・サモナー開発担当より）。

「おっ、おのれクソ運営ッ!?　これ全部俺に対するいやがらせじゃねーかッ！」

一部のプレイヤーとか言ってるけど、絶対に俺対策だろ!?　なんて仕打ちだコンチクショウ！

……まぁ少し経《た》って冷静になってみれば、俺もすこーしだけ暴れすぎたかなーという自覚もなくもないが、それにしたってこれはあまりに酷《ひど》すぎる。

俺のコピーを大量発生させないためだろうが、まさかここまで徹底してくるとは。

さらに修正報告はまだまだ続いた。

5：仲間になった憑依モンスターたちのスキル【飛行】の勢いを弱体化させます。
それにともない、『リビング・ウェポン』を宿した矢のホーミング能力がほとんどな

・アップデートに伴い
主な変更点は以下の
巨大モンス
ギガンティック・
した。どうかご理
け、仲間になるボ
状態であるものを除き、
ませんが、『バニシング・ファイ
２０メートル』から『５分と１０
ださい。
４：一部の
受け、アーツ『滅びの暴走召喚』の再
１０分間から
変更します。また召喚できるモンスターの
くださいませ（運営・サモナー開発

くなることになりますが、どうかご理解ください。複雑軌道で迫ってくる矢はとても回避できるものじゃありません。

また、『シャドウ・ウェポン』のスキル【闇分身】も弱体化させます。分身数を、九体から三体に変更します。MPを消費するアーツでもないのに、百を超える矢の雨を降らせるのはまずいです。サモナーのジョブにそんなことをされては、正規弓使い職の『アーチャー』が完全に泣きます。アーチャーのアーツだって矢が十本に分裂するのが限界なんです。

サモナー開発担当は何を考えていたんでしょうか？　どうかご理解ください（運営・アーチャー開発担当より）。

6：ダメージアップ系スキルの倍率を、どれだけ同時発動しても十倍までとします。

行動することによってスキルが追加されていくシステム上、今後どんどんスキルが追加されていくことを思うと、「これゲームが進むたびにプレイヤーたちが際限なく火力インフレしまくるんじゃねぇか？」とやばいことに気づきました。ほぼ確実に毎回すべてのダメージアップ系スキルを発動する人もいて恐《こわ》いです。

またスキル【根性】系統に、『再発動まで5秒かかる』という制約をかけました。幸運値爆上げで三十回以上も連続発動されては堪《たま》ったものではありません。

幸運値のシステムを考えたステータス開発担当は何を考えていたんでしょうか？　どうかご理解ください（運営・スキル開発担当より）。

7：ステータスの仕様変更については特に何もありません。他の担当者が色々調整してくれたので、極振りを禁止する必要もないでしょう。

ステータスの開発担当者である僕とサモナーの開発担当者である者は、あのイベントのあとで他の者たちからさんざん罵られましたが、そもそもチーム全体の連携がうまく取れていないことが悪いと思うんですよ。あと僕に比べたらサモナー開発担当のほうがめっちゃやらかしてると思いません？

僕は被害者です（運営・ステータス開発担当より）。


「ってチーム内でギスギスしてんじゃねーよ!?　本当にクソ運営だなッ！」

一番の被害者は俺だっつのッッ！

もう文面を見ているだけでもイライラする。たまにプレイヤーを和ませるために公式説明にネタ文章を忍ばせるゲームもあったりするが、クソ修正を食らった俺からしたら全然和まねーよバカ！　焼け石に水だわ！

他にも『現実の通貨でゲーム内通貨を購入できたり、逆にゲーム内通貨を現実の通貨に変換できる』とか『ストーリークエストの実装にともない、各地に多くの街が実装された』という報告があったが、サッと流し見て俺はメッセージウィンドウを掻《か》き消した。

ろくに戦えなくなった状態で新機能なんて楽しめるか。

「はぁー……つまりまとめるとこういうことか。モンスターたちは弱体化し、ボスモンスターを出しまくって蹂躙《じゅうりん》も出来ず、弓は絶対命中能力も数も失い、火力にも制限が付いて、【執念】は五秒に一度しか発動しなくなったと？」

うーん、かなりきつすぎるなぁ。

モンスターの弱体化についてはまぁ何とかなる。あのバトルロイヤルで【魔王の眷《けん》属《ぞく》】っていうモンスターのステータスを常時１．３倍にするスキルを覚えたからな。これでプラスマイナスほぼゼロだ。

ボスモンスターのラッシュは諦めるとして、次は弓についてか。

「出てこいポン太郎」

『キシャシャ～……！』

漆黒の光を放つ矢を召喚すると、普段よりも飛び方が弱々しかった。たしかにこれでは急激な軌道変更はできなさそうだ。

〝ユーリの姉貴、運営組のやつらにヤラれた……もう駄目だ……！〟って感じの悲しそうな声を出すポン太郎を胸に抱き締めてやる。よしよしよし。

さて、矢の雨を降らせることが出来なくなったことはどうしようもないが、命中率はどうにかなりそうだ。

バトルロイヤル中に【魔弾の射手】っていう射出したものにホーミング能力をつけるスキルを覚えたからな。

試しに『ドラゴンプラントの種』というアイテムを取り出し、少し離れたところでエサを探していたハトに投げつけてやる。

すると、

『クルッポ～！』

「あっ、外した……」

……種はハトに向かって飛んでいったのだが、それまでだった。咄嗟《とっさ》に飛び立っていくハトを追うこともなく地に墜《お》ちる。

「あーなるほど……ホーミング能力といってもこの程度か。狙った獲物が大きく動くと、それには対応出来ないんだ」

止まっている相手には当たるだろうが、動きの速い相手にはあまり効果がなさそうだ。

まぁさっきのはただの種で、ポン太郎たちにわずかに残っている飛行能力と合わせればもう少しホーミング能力は上がりそうだが、これからは絶対必中とはいかなそうだな。

俺はドラゴンプラントの種を拾い上げながら、もう一度深く溜《た》め息《いき》を吐《つ》いた。

「はぁ～……そんで最後に【執念】の連続発動不可かぁ。これは本当にどうしようもないな……」

もうHP1でプレイするのは無理ってことか。

かといってHP1じゃなくなったら幸運値を跳ね上げるスキル【逆境の覇者】などの効果がなくなるし、そもそもHPが1じゃなくても俺は防御ゼロだからすぐ死ぬし。もうどうしろってんだよ。

もう幸運値極振りはやめて、今から他のステータスに振るか？　バトルイベントで大量にレベルアップした時に手に入ったステータスポイントは実はまだ振ってないしな。

そんなことを考えながら、俺はステータスウィンドウを開き……、

「――こうなったら意地だコンチクショウッ！」

俺は大量にあったポイントを、全て幸運値に捻《ね》じ込んだ！

よし、これで覚悟は決まった。どうせ今からステータスを組みなおしても、まともなステータス構成にはならないんだ。だったら極振りを貫いてやる。

それにここで退《ひ》いたら俺は運営に負けたことになる。

今回の変更でやつらは『サモナー・弓・幸運値極振りの組み合わせはゴミに戻った』と思い込んでいるだろうが、そうはいくか。

「俺はこの不遇要素満載スタイルで、さらに強くなってやる。イベントというイベントで結果を出しまくって、やつらを困惑させまくってやる……！」

そのたびにピンポイントで修正されようが、俺は絶対に諦めない。

というかイベント優勝者のステータス構成に対して連続であからさますぎる規制をしていては信用問題だ。それは確実に負の話題となり、『頑張ったら弱体化させられるゲーム』としてプレイヤーたちが大量に離れていくことになるだろう。

そう……気合と根性で優勝し続ければ、いずれやつらのほうが先に根負けするのだ。

意地でも活躍し続けてやつらを黙らせてやる。アイテムを獲得しまくって売りさばき、例のゲーム内通貨現金化機能でふんだくってやるのもいいだろう。

男としてやられっぱなしで終わるかよ。俺は運営のやつらにも手出し出来ない、本当の『ラスボス』に成り上がってやる……！

「見てろよクソ運営……！　最強のプレイヤーとして常にトップを走り、このゲームを楽しみまくってやるからなぁ……！」

そう決意したらさっそく行動だ。

たしかイベントポイントを使って、限定アイテムや限定スキルを手に入れられるんだったな。

メニューからそのページを見てみると、『手に入るアイテムは全種類一つまで。また限定スキルは三つまでしかセットできません』と書いてあった。イベントで活躍できなかったプレイヤーと差をつけ過ぎないためだろう。

「よし、どうせポイントは山ほどあるんだ。色々試してみますか」

そう呟《つぶや》きながら、俺は街の中で戦闘が出来るという『修練場』なる場所に向かって行った。

◆　◇　◆

「――はぁー……はぁー……見えてきた。見えてきたぞぉ……運営に復讐《ふくしゅう》するための新スタイルが……！」

修練場の中央にて、俺はにやりと笑みを浮かべた。目の前には何百体ものボロボロになった訓練用カカシが山みたいに積みあがっていた。

修練場は便利なところだ。注文すれば何体でもモブを出してくれるし、それに受付にて一般の修練場を利用するか『個別修練場』を利用するかを選択もできる。

俺が利用している後者は戦い方を秘密で磨きたいって人専用だな。逆に前者は他人と見比べながら基礎訓練を積む用って感じか。なんか新たに五万人以上の新規ユーザーが増えたって話だし、アドバイスでもするために見に行くのもいいかもな。弓使いにパンチ教えるとか。

ま、それは置いといて。

「……やっぱり俺の戦闘スタイルは、攻めて攻めて攻めまくるものじゃないとな。火力が落ちて連続で致命傷を耐えられなくなったからって防御に回るのは駄目すぎる」

そう、男だったら攻撃あるのみだ。相手から攻撃される前にぶっ殺せば相手は攻撃してこなくなるわけだから、コレが最強の防御法なのだ。

というわけでダメージアップ系のスキルをいくつか見てたんだが、どうもしっくりこない。そもそもダメージ補正を十倍までにされたわけだしな。

そうして苦悩すること小一時間——俺が頼ったのは攻略サイトだった。

俺のことを騙《だま》してくれた忌々しいこのサイトだが、それでも有用性はハンパない。ところどころの感想欄に書かれている『サモナー・弓・幸運値極振り、アップデートでクソチートからゴミに逆戻り！　大勝利～！』というコメントにギリギリと奥歯を噛《か》み締めながら、『最強限定スキルランキング』というページを見ていった。

汎用性が高いモノが並んだ上位陣のほうからスクロールしていき、やがて用途が限定されすぎる最下位のほうに辿《たど》り着いたところで……俺は見つけたのだった。この状況を打開してくれるような『クソスキル』を！

サモナー限定スキル【武装結界】　取得イベントポイント：150（極大）
・HPが一割以下の時、自分の周囲に武器を瞬時に召喚する。
ただし召喚した武器は3秒でアイテムボックスに戻る。

俺が獲得した限定スキルはこいつだ。

三万ポイント近く獲得してる俺にはよくわからないが、一般的なプレイヤーにとっては発動できる状況が限られるスキルでイベントポイント150ってのはかなりキツいのだろう。それだけの数、プレイヤーを倒さないといけないいんだからな。

「サモナーしか使えない【武装結界】。これは普通に使えばかなり微妙なスキルだよなぁ」

試しに運営の想定通りに使ってみる。すると足元に召喚陣が現れて、初心者の弓がバビョンと飛び出してすぐ消えた。

敵の攻撃に合わせてガードに使えってことだな。

幅の広い大剣を装備してるプレイヤーなら有用だろうが……俺がキャラ作成時に選択した装備は、『弓』だ。細くて軽くて、とても防御になんて使えない。

ゆえに最初は俺もクソスキルだと思ったのだが、ここでふと考え付いた。

『そういえばこのゲームって、最初に選択した武器類以外を扱ったらどうなるんだろうか』と。

そこで剣を一本購入して、手に取ってみたら――面白いことにスポーンッと手から飛び出したのだ。

強く握っても無意味だった。絶対に装備させないという意志の強さで、適当な方向に飛び出していった。

その結果にふむと頷《うなず》きながら、今度は【武装結界】によって足元に剣を出してみる。

……するとそれも俺の目の前で盾になるようなこともなく、ロケットみたいに上に飛んでいったのだった。

これを見て俺は思いついた。『じゃあ剣を足元から生やすのではなく、俺の後ろから横向きに出したらどうなるか』と。

すると面白い結果が得られた。まるで剣が射出されるように前に飛んでいったのだ。

ただしシステムで弾《はじ》かれた結果だからか、飛んで行った剣は訓練用カカシに当たることなく地に墜ちる。まぁこれはしょうがないと俺は思った。

だが……『それなら弾き飛ぶ剣で相手を驚かせたところで、ポン太郎たちを射出すればいい』と考え、弓を手にした状態で剣を飛ばしたときだ。

そこで愉快すぎる現象が起きた……！

なんと【魔弾の射手】の効果がいきなり発動。投擲《とうてき》・射出したアイテムにホーミング能力を加えるこのスキルによって、雑に飛んで行ったはずの剣が訓練用カカシにグサリと突き刺さったのだ！

……思わぬ抜け穴を発見してしまった。弓を装備した状態でモノを飛ばすと、それは『射出攻撃』だとシステムが認識するらしい。

システムに弾かれた結果ではなく俺の攻撃として扱われ、幸運値極振りによりダメージアップ系スキルが発動しまくった。

その瞬間、俺は思ったな。これは面白いことが出来るぞって！

そうして今に至る。

俺は試行錯誤の末に、失った火力と手数を取り戻す手段を勝ち取ったのだった。

「出てこい、訓練用ゴブリンキングども！」

『ゴブゴブーッ！』

目の前に現れる十体のゴブリンキングども。偽物の存在だがステータスは本物と変わらない。

やつらは棍棒《こんぼう》を振り上げると、俺に向かって襲い掛かってきた。

スキル【執念】が連続発動できなくなってしまったため、二撃当たれば俺は死んでしまうが、

「余裕だぜ――スキル発動、【武装結界】ッ！」

その瞬間、俺の背後から曼荼羅《まんだら》のように無数の召喚陣が出現した！

そこからズルリと現れる『魔剣』や『魔槍《まそう》』たち。黒き炎や毒の瘴気《しょうき》を刃に宿した、『状態異常化武器』たちだ。

「目標捕捉――一斉射出ッ！」

そして放たれる武装の数々。それらを受けたゴブリンキングたちは次々と身体《からだ》を貫かれていき、火傷《やけど》や猛毒などの状態異常を起こして悶絶《もんぜつ》していく――！

スキル【魔弾の射手】発動！　遠距離攻撃・自動追尾！

スキル【ジェノサイドキリング】発動！　ダメージ二倍ッ！

スキル【致命の一撃】発動！　ダメージ二倍ッ！

クリティカルヒット！　弱点箇所への攻撃により、ダメージ三倍！

スキル【非情なる死神】発動！　クリティカルダメージさらに三割アップ！

装備『炎殺剣イカロス』効果発動！　ゴブリンキングを火傷状態に！

装備『毒殺剣ラグナ』効果発動！　ゴブリンキングを猛毒状態に！

装備『氷殺槍《ひょうさつそう》ウラヌス』効果発動！　ゴブリンキングを凍結状態に！

装備『淫殺鎌ヴィーナス』効果発動！　ゴブリンキングを魅了状態に！

装備『雷殺斧《らいさつふ》ミカヅチ』効果発動！　ゴブリンキングを麻痺《まひ》状態に――


『ゴブブゥウーーーーーーッ!?』

　ゴブリンキングの群れが悲鳴を上げる。

　幸運値極振りの力はいまだ健在だ。容赦なく炸裂《さくれつ》するダメージアップ系スキル群に加え、放った武器の追加効果も全発動。ゴブリンキングたちはありとあらゆる状態異常の被害を受け、泣きながら消滅していったのだった。

「ははは っ、完成したな……！」

——これが俺の考え付いた、新たな力の利用法だ！

モンスターを召喚できる数には限りがあるからな。射出される武器全部にはポン太郎たちを宿せない。

そうなると『武器の威力にリビング・ウェポンの筋力値を足す』という特性は使えないので、相手に与えるダメージは低くなってしまうのだ。

だがそれならば、

「弾き飛ばすのはシステムの力なんだから、武器の重量なんて関係ないんだ。だったら死ぬほど重い武器や、状態異常効果のある高級武器を飛ばしまくればいいって話だ」

全て俺の『矢』にするために、イベントポイントを使用して高性能限定武器を買いまくった。

さらに幸運値極振りの効果でレアアイテムは山ほど持っていたため、それらを売りまくって街中の武器屋から最高級武装を何本も集めてきた。

その結果がこれだ。物量によって敵をぶっ殺す、『サモナー・弓・幸運値極振り』の新スタイルだ。

俺は摑《つか》み取った成果を前に、力強く「よしッ！」と叫んだ。

「ははっ！　持ち運べるアイテムは五十個までだからなぁ。無限の物量で圧《お》し潰せるってわけじゃないが、これで戦えるようになったな！

……まだまだ課題も残ってるけど、これで前に進める！」

俺は目の前にメニューウィンドウを表示させる。

そこには運営からの告知で、『一週間後にバトルイベント：ギルド大戦開催！　無数のギルドを本拠地ごと特殊空間に召喚し、ギルドホームがぶっ壊れるまで潰し合ってもらいます！』と書かれていた。

この前のイベントで数万人を殺し合わせたことといい、本当にここの運営はやることが大胆だ。ぶっちゃけ雑ともいうが、悔しいことに俺好みなセンスだぜ。

「さて……これに出るにはギルドの本拠地が必要になるわけか。優勝賞品で『ギルドホーム建設権利』はもらってたんだったな」

だが、それとは別で『土地』が必要になるとギルドシステムの説明には書かれていた。

クエストで手に入れるなり購入するなりしないといけないそうだ。そこからさらに高額な『ギルドホーム建設権利』を買い取り、その地をホームと設定することで、様々なギルド限定システムが使えるようになるんだとか。

俺はメニューウィンドウを消し、一つの決意をする。

「土地だったらどんな大きさでもいいんだよな？――よし、それなら『街』を手に入れてみますかぁ！」

無茶苦茶なことを言っている自覚はあるが、男だったら目標はデカくなければいけないッ！

ちょっとヤクザ映画が好きなだけでとっても優しい俺の爺《じい》さん（※金融業経営）は言っていたよ。

『無理なんて言葉を信じちゃいけない。「無理無理」言ってる人間でも、絞り出せば色々出るものだ』って。きっと気合と根性がいっぱい詰まってるってことだろう。

そう、無理な目標でもそれが叶《かな》うまで頑張ったら、無理な目標は『無理な目標』じゃなくなるんだから無理っていう概念はこの世から消失するんだ！　人間なんでも出来るんだ！

全ては気合と根性だ！　それさえあればきっと何とかなるだろう！

「邪悪な運営に立ち向かう勇者として、みんなに恥ずかしくないようにデカい家に住まないとな！　よーし、最低でもお城くらい手に入れてみますかー！」

それで次のギルドイベントでもいっぱい活躍するんだ。そうしてイベントポイントを大量に手に入れて、限定アイテムと交換しまくって売りさばいて金持ちになって、リアルマネートレードで運営から大金を奪い取って苦しめるんだッ！　がんばるぞッ！

「さぁて、今日のところは寝るとするかぁ。新スタイルを模索してたら夜になっちまったからなぁ」

だが、以前と比べても余りあるほどの戦力は手に入った。なにより色んな武器を使えるっていうのはものすごくワクワクするじゃねーか！

俺は胸を弾ませながら、明日に備えてログアウトしていった。

第十四話　運営反逆編開始・再起動するやべーやつ！

ゲーム開始から九日目。俺はひたすら東に向かって走っていた！

昨日は戦う力を取り戻したからな。今度は次のイベントのギルド大戦に向けて、ギルドホームとする土地を手に入れるのだ！

そのために俺は、東の果てに実装されたという『聖上都市・ヘルヘイム』を目指して、雑木林の中をひたすら突っ走っていた。

そんな時だ。横から何かが迫ってくるような気配を感じた俺は、咄嗟《とっさ》にそれに向かって裏拳を突き出した。


スキル【神殺しの拳】発動！　拳撃時、手首から先を『無敵』化！　あらゆるダメージ・衝撃・効果を無効化する！

スキル【魔王の波動】発動！　攻撃によって与える衝撃を激増させる！


二つのスキルによって吹き飛んでいく物体。それは投擲された大剣だった。

　明らかに何者かによる攻撃だ。

「……不意打ちとは失礼なヤツだな。素直に姿を現せよ」

　そう言うと、あちこちの茂みから複数のプレイヤーたちが現れた。

　全部で二十人以上はいるだろうか。なかなか良い装備を身に付けており、レベルの高いプレイヤーたちだとわかる。

　その中の一人がニヤニヤと笑いながら俺に近づいてきた。いわゆる姫騎士のような紅蓮《ぐれん》のバトルドレスを纏《まと》った赤毛の女の子だ。

「あらあら、さすがは元トッププレイヤーなだけあるじゃない！　殺す気で放ったのに良い直感をしてるわねぇ！」

「お前の奇襲が雑なだけだろ」

「ッ!?……ずいぶんと生意気な口を利くじゃないの。アップデートで戦えなくなったくせにッ！」

　表情をしかめながらその手に大剣を再顕現させる赤毛少女。

　その切っ先を俺に向けると、獰猛《どうもう》な笑みを浮かべて言い放つ。

「アタシの名前はシル。それなりに名の知れたプレイヤーキル集団のリーダーよ！」

「俺は知らないんだが？」

「っていちいちうるさいわねッ!?」

　ギャーギャーと喚《わめ》くシルとかいう子。そうか、プレイヤーキル集団のリーダーやってんのか。バトルロイヤルのおかげで俺も好きになったぞ、プレイヤーキル。

「チッ……ダンジョンクリアと違ってプレイヤーキルはワールドメッセージで流れないものね。まぁ仕方ないわ。

でもアタシが無名なのも今日までよ。なんたって昨日のアップデートによって、『動画撮影機能』が追加されたんだからね！　さぁ、生放送開始よ！」

彼女がペチンと指を鳴らすと、そのかたわらに羽の生えたデカい目玉が姿を現した。目玉は瞳をピカピカと光らせて俺のことを見つめている。

なるほど、そいつが動画撮影係ってことか。ぶっちゃけキモいんですけど。

「フフフッ、アタシだってアンタみたいに有名になってみたいじゃない？　だからさっそく動画サイトに『プレイヤーキルチャンネル』っていうのを作ってみたわけよ。アタシが間抜けなプレイヤーをバッサバッサと倒していくところを世間に流して、名を上げてやろうって寸法よ！」

「そうか、それでイベント優勝者の俺を狙ってきたわけか。……いいじゃねぇか、死にたい奴《やつ》からかかってこいよ……！」

弓を顕現させながらそう言い放つと、周囲のプレイヤーキラーたちがウッと息を呑《の》んだ。

そんな彼らにリーダーのシルが檄《げき》を飛ばす。

「ってビビってんじゃないわよアンタたち！　今やコイツにイベントの時の力はないわ。グッチャグチャにぶっ殺して、名を上げるための生贄《いけにえ》にするのよーーーーッ！」

『おっ、おおぉぉぉおおおーーーーーッ！』

彼女の叫びに応え、四方八方から一斉にプレイヤーキラーどもが襲い掛かってきた。

食いしばりのスキル【執念】が弱体化しちまったからな。複数人で連続攻撃をかませば殺せるという判断だろうが、甘い！

「スキル発動、【武装結界】！」

周囲に召喚陣を展開させると、全方位に向かって剣や槍《やり》を射出した！

それによって貫かれていくプレイヤーキラーたち。シルは咄嗟にガードしたようだが、不意を打たれて攻撃を受けてしまった者は状態異常に苦しむことになる。

「ぎゃーーーーッ!?　か、身体《からだ》が燃えるッ!?」

「げほっ、ゲホッ!?　これは……猛毒状態!?」

悶《もだ》え苦しむプレイヤーキラーども。

悪いな、俺は幸運値極振りなんだ。『一定確率で相手を状態異常にする』っていう武器の効果を、ほぼ確実に引き出せるんだよ。掠《かす》っただけで致命傷だ。

俺は怯《ひる》んだプレイヤーたちに向かって、漆黒の矢を次々と射出していった。そうして相手に当たった瞬間に命じる。『そこで分身しろ』と。

するると、

「うっ、うぎゃあああああああッ!?」

「かかっ、身体が裂けるーーーーーッ!?」

突き刺さったポン太郎たちが四方八方に分かれるのと同時に、プレイヤーキラーどもの身体は千切れ飛んで消えていった……！

『重度欠損状態』という状態異常が起きたのだ。ＨＰがゼロにならずとも、身体が真っ二つになったりバラバラになったら強制的に死亡してしまうらしい。

まぁ、そんな事態はなかなか起きないらしいのだが……、

「どうだすごいだろう？　試行錯誤した末、思いついた攻撃方法の一つだ。

スキル【魔王の波動】によって俺の攻撃にはとてつもない衝撃が発生するんだよ。それと矢の分身する『方向』を操れることに目を付けて、組み合わせてみたらこの結果だ。

そら、次に体内から引き千切られたいやつはどいつだ……？」

「ひっ、ひぃいいいいッ!?」

顔を真っ青にして飛び上がる生き残りども。彼らは武器を放り捨てると、「なんだよぉの人ッ、むしろパワーアップしてるじゃねぇか!?」「話が違うぞリーダーッ！」「痛覚制限されてるＶＲだからって、そんな体験してたまるかッ！」「やっぱりこのひと魔王だぁああああ！」と叫びながら逃走していった。

当然ながら逃がす理由もないので、無防備な背中に矢をブチ込んで爆散させていく。

派手な攻撃で非常に好みだ。いやー辛《つら》い環境が人を成長させるってのはホントだなー！

つまりは運営が俺を育ててくれたってことだから、恨むならやつらを恨んでくれ！　はっはっはっはっは！

「ふぅ……さぁてシル、全員死んだぞ？　これでタイマン張れるなぁ……！」

「ひぃっ!?　な、なんなのよアンタッ!?　弱体化はどうしたのよッ!?」

「もちろんされてるぞ？　あぁ、だけどそんなことで諦めるなんて女々しすぎるだろ!?『今日からお前は雑魚決定』と言われたら、それに大人しく従うのか？　馬鹿を言え、それに反逆するのが燃えるんだろうがッ！

　俺はどれだけ弱体化されようが止まらないぞ！　止まらないぞッ！　止まらないぞーッ！」

「ひぐぅっ……!?　こ、この異常者めぇえええええええッ！」

　涙目になりながら突撃してくるシル。いいぞ、ナイス根性だ！

　俺は彼女が振るってきた大剣を裏拳で弾《はじ》き飛ばし、目の前に拳を突き付けた。

【魔王の波動】による黒い烈風が炸裂《さくれつ》し、シルの紅《あか》い髪をざわりとなびかせる。

「悪いがこれで決着だ。文句があるならまだやるぞ？」

「っ……!?」

　ガクガクと震えながら「ま……まいり、ました……！」とシルは呟《つぶや》いた。

　彼女を生かしたのは他でもない。たしかコイツ、自分のチャンネルで生放送をしてるって言ってたからな。戦いに勝った勇者の権限で、ちょっとチャンネルを略奪させてもらおう。

　俺は彼女の横で浮遊していた撮影用の目玉を摑《つか》み取り、カメラに向かって言い放つ。

「見てるか運営、そして俺が無力になったと思っているプレイヤーども。アップデートの結果、俺はこの通り強くなったぞ……！　俺は何度だって蘇《よみがえ》り、何度だってトップの座を掴み続けてやる。だからお前ら、喧嘩《けんか》を売るのなら覚悟しておけよッ！」

その言葉を最後に、目玉をデコピンで弾き飛ばす。

こうして俺は（他人のチャンネルを勝手に乗っ取り）、運営をはじめとしたライバルたちに向かって宣戦布告をかましたのだった――！

【あのメンテ】総合雑談スレ 371【どうなんだよ？】

---

1. 駆け抜ける冒険者

ここは総合雑談スレです。

ルールを守って自由に書き込みましょう。パーティー募集、愚痴、アンチ、晒しなどは専用スレでお願いします。

次スレは自動で立ちます。

前スレ：http:// ＊＊＊＊＊＊＊＊＊＊

107. 駆け抜ける冒険者

しっかしメンテ結果あらためて見たけどひどいなー
まぁ動画機能やら街やクエストの大量追加やらは嬉しいんだけどさ、サモナー×弓×幸運値極振りのスタイル、もう終わりじゃん

108. 駆け抜ける冒険者

>>107
魔王様スタイルな。三万人参加のバトルロイヤルで99%を滅ぼしたとはいえ、露骨に潰してきたよなぁ……

あれ、他のサモナーにもとばっちりじゃね？

109. 駆け抜ける冒険者

>>108

わいサモナー。まぁモンスターのステータスが下がったのはきついが、そこはパワーバーストみたいな強化系アーツでカバーするしかないな。

元々一発でモンスター全体のステータスを数秒間二倍に出来る優れモノだから、思ったより気にならなかったわ。MP消費はまぁー激しくなったけどな。

130. 駆け抜ける冒険者
>>109
おぉサモナーの同志よ。俺も今のところはどうにかなってる。
なんかボスモンスターの召喚時間やらに制限が付いたが、元々ボスを仲間にしてるのなんてユーリさんくらいのもんだからなwww
まぁそれはそれとして、ああも徹底的に優勝者のスタイルを潰すのはやっぱなぁ・・・

151. 駆け抜ける冒険者
>>130
かといって野放しにもできないよなぁ。

ユーリのイベント動画に影響されて、五万人近くの新規ユーザーが増えたらしいからな。

まだまだ増加中らしいし、それだけ人がいればリビングウェポンを仲間にする試練を突破してあの頭のおかしい戦闘力を身に付けるやつだっているだろう。

劣化コピーだろうがアレが量産されたら地獄だぞ……？

正直可哀想だが、ユーリには涙を呑んでもらうしか……

173. 駆け抜ける冒険者

おいお前ら、『プレイヤーキルチャンネル』ってのを検索してみろ！

シルとかいうＰＫ女が集団でプレイヤーキルする映像を流してるところなんだが、そこでユーリが戦ってるぞ！

まじやばい！　マジでやばい！　はよ！！！！！！！

176. 駆け抜ける冒険者

>>173
えっ、なに、魔王ユーリボコられてんの？　そんなの見たくねぇなぁ・・・あの人めっちゃ美人だし、最強のイメージが壊れるっていうかさー・・・

179. 駆け抜ける冒険者

>>176
違う違う違う違う！　あああああああああああああああああああああああああああああああ人が爆発したあああ!?

180. 駆け抜ける冒険者

>>173

どれどれ～

っていやあああああああああああああああああああああああああああああああああああああ！！！？

240. 駆け抜ける冒険者
ふぁーーーーーーーｗｗｗｗｗｗｗｗｗｗなんだこれｗｗｗｗｗｗあの人全然最強のままじゃんｗｗｗｗｗｗｗｗｗ

294. 駆け抜ける冒険者
追っかけ再生機能で最初から見てきた！
ってマジでなんだこれｗｗｗｗなんであの人剣とか槍とか飛ばしてんのｗｗｗｗ
スキル【武装結界】発動とか言ってたけど、それって最強スキルランキングのめっちゃ下のほうにあるやつじゃね!?　サモナー限定スキルで武器出してガードするだけって書いてあったけど、あんな使い方できんの!?
そして矢が当たった相手が爆散ｗｗｗｗｗｗｗもうやりたい放題だこれｗｗｗｗあの人戦闘力あがってんじゃねえかぁあああああｗｗｗｗ

310. 駆け抜ける冒険者
うおおおおおおおおおおおっ、運営＆オレたちに宣戦布告きたーーーーー！
てかチャンネルを乗っ取られてシルちゃん涙目になってるんですけどｗｗｗｗｗ

315. 駆け抜ける冒険者
>>310
トップはいまだ健在ってか！　盛り上がるなぁこれ！！！
よっしゃっ、俺も最強ギルド作ってユーリさんに挑むわ！！！

350. 駆け抜ける冒険者
>>315
俺も俺も！

現金1000円を向こうの通貨の一万ゴールドに換えれるようになったからな・・・オトナのパワーを見せてやるぜ！

388. 駆け抜ける冒険者
>>350
課金強化やめろｗｗｗｗ
逆に現金に変換するなら百万ゴールドでやっと千円にしかならないんだよな。しょっぱい運営だぜ
そういえばユーリさん・・・ずいぶんとレアな武器をポイポイ投げてましたけど、あれ全部売ったらどれくらいになるんだろう？

400. 駆け抜ける冒険者
>>388
イベント限定武器多かったし、間違いなく一千万ゴールド

にはなるだろうなｗ

412. 駆け抜ける冒険者

>>400
いーなーっ、イベントで活躍しまくれば万札ゲットか！
今の時代、動画再生で金を得る手段もあるしな！
よーし、例のアップデートでちょい萎えかけてたけど、
ユーリのやつは相変わらず最強だしやる気出てきたわ！
俺も活躍しまくるぜーーーーー！

413. 駆け抜ける冒険者

……そういえばこのゲームの運営って、工学系の有名大学から出たばっかのやつらが最新鋭のＶＲシステムを引っ提げて立ち上げた、新進気鋭の天才チームらしいじゃん？

天才っていうくらいなんだから、この前のアップデートのクソ文章はやっぱギャグだよな？　公式の説明やらにちょっとしたおふざけを混ぜてるゲームってよくあるもんな。

415. 駆け抜ける冒険者

>>413
当たり前だろｗｗｗあれをガチでやってたら頭ゆとりすぎるだろｗｗｗｗ
なんかネタでギスギスごっこしてたけど、同じ大学の出身なんだし実際は仲良いにきまってるってｗ

さぁーて、俺も打倒ユーリを目指してレベル上げするかー！

「……どうしようこれ」

「え、どうすんのこれ……」

——暗い会議室の中、何名かの者たちが中央に浮かび上がった立体ウィンドウを見ながら困惑していた。

そこには数時間前にシルというプレイヤーが撮影したユーリの戦闘シーンと、動画配信終了後に新規プレイヤーの数とプレイヤーたちによる課金額がグングンと上がっていく立体フラグが。

「イベントの時にもこのプレイヤーのおかげで話題を呼び込めたけど……うーん、でも、この戦闘力は度が過ぎてるっていうか……」

「苦肉の策で弱体化させるしかなかったけど、なんで一日でさらに強くなってんだよ……！　第二形態に進化するとかマジでラスボスかよ、タチ悪いわ……！」

「やだこの人……システムの誤認を発見して【武装結界】を戦闘用スキルに改造してるんですけど……強くなることに対する執念ハンパなさすぎるんですけど……！」

「解析した結果、システムのバグっていうかスキルの仕様外効果みたいだぞコレ。

弾《はじ》き飛んだ武器が『射出攻撃』扱いになる条件は、どうやら弓を握ってる状態に加えて、スキル【武装結界】を発動した時のみに限られるらしい。

【武装結界】に取り付けた『召喚した武器に突き上げられた相手はダメージを受ける』って設定が、弾き飛ぶのを『攻撃』として上書きしてしまっているようだ」

「あ～。『弓を装備してる時に弓以外の武器による攻撃が発生したなら、それは放たれた「矢」による射出攻撃に違いない』って処理されてるのか。キャラクリエイト時に選んだ武器以外使えないこのゲームだけど、弓は唯一、『矢』っていう別の武器アイテムの使用が許されるからな。妙な判定が起きても仕方がない。

　ユーリちゃん、よくこんな裏技見つけたな～。かしこくて可愛《かわい》くて強いとか最強かー？」

「ファンになってんじゃねぇよ!?……おいスキル開発担当、今回の件なんとかしろ！」

「わ、悪かったよッ！　とっ、とりあえず緊急アップデート告知して、【武装結界】から攻撃判定をなくすよう弱体化修正する？　それで解決するだろうし。あとシャドウ・ウェポンの【闇分身】ももっと弱体化させて、爆散させないように……！」

「馬鹿言えッ!?　ただでさえこの前の狙い打ちアップデートで、ユーリに憧れてゲームを始めた連中から山ほど抗議を食らったんだぞ!?

　この動画が流される前ならともかく、今やったらさらに猛抗議の嵐だ！　ほぼ個人狙いの弱体化を何度もかましたら、炎上しまくってゲームするやついなくなるわ馬鹿ッ！」

「馬鹿とはなんだステータス担当!?　一人だけラクな思いしやがって！　チームから出て け給料泥棒！」

「なんだとーッ!?」

　……ギャアギャアと騒ぐ（クソ）運営の者たち。彼らは大学の頃より成績トップを目指してお互いを蹴落としあっており、ぶっちゃけかなり仲が悪かった。

またエリートコースを歩んできたためにバイトなどもしたことがなく、社会経験はほぼ絶無。

プレイヤーたちからは『まぁ少し悪ノリしたネタだろう』と思われているアップデート時の文章も、コイツらはほぼ素で書き込んでいた。

「やるかオラーッ!?」

「なんだとオラーッ!?」

技術の開発能力だけなら本当に優れている彼らであるが、プッツンしたらもう止まらない。会議は話し合いから罵り合いに発展していき、誰もが無駄に気力をすり減らしていったのだった。

……そうして結論は『現状維持』に至る。

せっかくユーリのおかげでゲームが話題になっているのだ。むしろ彼女には広告塔として頑張ってもらおうという思いに辿《たど》り着いたのだった。

「──まぁなにか問題が起きたとしても、明日のことは明日のオレたちがなんとかするだろ。じゃ、定時だから帰るわ!」

「あ～……そうだな。まぁ【武装結界】のアレは『裏技』ってことでいいか！　仕様外の動きをしたってことになるとプレイヤーたちからまた抗議されるし。よし、オレも帰るぜ！」

「バグ修正用の高性能ＡＩを開発したし、これで深夜まで誰かが残る必要はないもんな！

まぁやってくれるのは本当にバグ取りくらいで、変な騒動を収めるのとかは無理だけど、早々ヤバいことにはならんだろ！」

かくして、「わーい定時だ定時だ～」と会議室を後にしていく（クソ）運営たち。彼らは追い詰められた経験が今のところほとんどないため、危機感というものが皆無なのだ。

これからユーリがどれだけ暴走しようとしているのかも知らず、彼らは帰路についてしまったのだった……！

第十五話　犯罪姉妹・ユーリ＆シルちゃん爆誕！

「もうもうっ、本当にもうっ！　なんでアンタ、人のチャンネルで宣戦布告なんてしてんのよ!?　これはアタシが目立つために、頑張って色々調べて作ったチャンネルなのよ!?」

「チャンネル自体の知名度は上がっただろ？　よかったじゃないか」

「そりゃそうだけどぉ！」

ＰＫ集団を抹殺してから小一時間後。俺は集団のリーダーであるシルと一緒に、ついに東の果てに辿り着いた。

目の前には月光に照らされた巨大な城塞都市、『ヘルヘイム』の姿が。ここまで来るのにすっかり夜になっちまったなー。

「てかシル、なんでついてきてんだよ？」

「ぐっ、ぐぎぎぎぎぎぎ～～！　ア、アンタに文句を言うためについてきてたら、いつの間にか戻れなくなっちゃったからよ！　何よこのあたり、モブモンスターのレベルが40とかあるんですけど!?　一人で歩いてたら殺されるわっ！」

「そりゃあ現状行ける限りの世界の果てだからな。安心しろ、お前のことは俺が守る」

「ってカッコいいこと言うな!?　アンタのせいでこんなところに来ることになったんだか

らねーーーッ！」

グシャグシャと赤い髪を掻《か》き毟《むし》るシル子さん。そんなことしてるとハゲるぞ。

「はぁぁ……つーか魔王様。アンタ、この街に何の用があってきたのよ？」

「決まってんだろ。この街の支配権を乗っ取って、丸ごと俺のギルドホームにするためだよ。ワールドマップで見る限り一番デカい街みたいだしさ。真ん中に城もあるし理想的だな～」

「ちょっ、はぁあああッ!? アンタなに言ってんの!? そんなこと出来るわけがっ、」

「出来ないとは限らないだろう？ ギルドの建設説明のところには、『建設権利』と『保有している土地』さえあればそこを拠点に出来るって書いてあるからな。土地の大きさの制限とかは書いてないだろ」

そう言うと、シルは「いやいやいやいやいやいや、そんなわけが……ええ、そうなの……？」とメニューを開いて建設説明のページを睨《にら》み始めた。

やがて本当にそういった記述がないことを認め、肩をガックリと落とす。

「あぁ、マジで制限とか書いてないわね……ここの運営ガバガバすぎでしょ。

そんでアンタもアンタで、制限の記載がないからってよく街ごと乗っ取ろうなんて考えついたわよね……普通ムリとか思うでしょ」

「人間に無理はないって信じてるからなッ！」

「いや、なんでそんな闇堕《やみお》ちしたヒロインみたいな見た目で熱血系なのよ……!?」

誰が闇堕ちヒロインだ。むしろそんな俺は正義の勇者だっつの。かしこくてかっこいいユーリくんを舐《な》めんなよ？

「ンで魔王様、どうやって街の支配権を奪い取るわけ？　まさか領主ＮＰＣをぶっ殺すとか……」

「アホ言え、そんなことしたら犯罪者として追い回されるだろ。方法は街に入ってから考えるから安心しろ」

「って無策でここまできたんかーい……！」

天を仰ぎながら深いため息を吐《つ》くシル子さん。最初は邪悪顔だった彼女だが、今では疲れ切った表情が板についてきた。

プレイヤーキラーをやっているような邪悪女だからな、きっと勇者である俺から放たれる正義オーラに当てられて精神力を削られてるんだろう。俺を見習ってまともになれよ。

そうして俺はシルを引き連れ、『聖上都市ヘルヘイム』へと入っていった。

◆◇◆

聖上都市ヘルヘイムの建物はどれも白色で塗りたくられていた。街の各所に教会らしき建物が点在しており、白いカソックを着たオッサンたちがたまに道ですれ違っていく。

どうやら宗教が盛んな街らしい。ちなみに俺は『気合と根性』教だぜ。

「おーい魔王様ー、露店でこの街の情報を聞いてきたわよー。ついでにおやつも買ってきたわ」

「おうありがとうな。ちなみに俺は魔王じゃなくて勇者だぞ」

「いや、アンタのどこに勇者要素があるっていうのよ……！」

シルが買ってきたフランクフルトを受け取り、二人でかじりながら街を散策する。

「露店のＮＰＣが言ってたんだけどね、なんかこの街、『聖上都市』って言うだけあって宗教連中がすっごい権力を握ってるらしいわよ」

「ほほう？」

――シル曰《いわ》く、この街は国教である『ユミル教』の聖地らしい。

ユミル教はとにかく悪を許さない。このゲームのラスボスである魔王がバラまいた邪悪なモンスターたちを容赦なくぶっ殺し、世界を平和にするのが教義なんだとか。

へーっ、なんか俺好みの好戦的な宗教だな。ちなみに俺もモンスターをいっぱい手下にしてるが、アイツらは俺の勇者オーラで邪悪じゃなくなったからセーフだろ、たぶん。

「じゃあ教会関係者に接触してみるか。もしかしたら『ユミル教総がかりでも倒せないモンスターがいるのだ。討伐をお願いできるか？』的なクエストが発生して、報酬に街を貰《もら》えるかもしれないし」

「いやいやいやいや、ポンと街は渡さないと思うけど……でもそういうクエストは絶対にありそうよね。

アタシもお金とか欲しいし、出来るだけ偉そうなNPCに話しかけてみましょうよ。そういうヤツのほうが旨《うま》いクエストをくれるものだわ」

「だな。それなら……おっ、あそこを歩いてるヤツなんて偉そうじゃないか？」

何やら遠くのほうに、道のど真ん中をズンズンと歩く神父がいた。後ろには何人かの少年修道士たちを引き連れていて、ものすごく偉そうだ。道を行く人たちも頭を下げてるみたいだしな。

ジーッと見つめると、やがて視界の端に『上位NPC　教皇グレゴリオン』という文字が。なんか合体ロボットみたいな名前だな。

それはともかく、

「しめたっ、アイツ教皇だ！　たぶんこの街のトップだぞ！」

「ひゅーっ、流石《さすが》は幸運値極振り！　そりゃツイてるわね！　じゃあさっそく接触してみましょうよっ」

オッサン目掛けて二人でまっしぐらだ！　俺たちの未来は明るいぜッ！

「「すみませーん、イイ感じのクエストくださーい！」」

そうして俺たちが話しかけた時だった。グレゴリオンというオッサンはギョッと目を見開き、

「むっ、我がスキル【教皇の心眼】が訴えておる！　そこの赤毛少女、キサマ殺人鬼だなッ!?　戦士たちの間で『プレイヤーキラー』とも呼ばれてる人種だ！」

「ぎくぅッ!?　そ、そんなことわかっちゃうの!?」

「そしてそっちの銀髪美少女、キサマは……いったい何なんだッ!?　ブーツからボスモンスターの気配が漂っておるぞッ!?」

えっ……あーーー！　そういえば俺のブーツ、アーマーナイトのマーくんを宿してるんだったな。

でも大丈夫だっ！

「安心してくれ、マーくんはいい奴《やつ》だから。ユミル教の教義でいうところの『邪悪なモンスター』ではないぞ」

「えぇい黙れ黙れッ！　モ、ン、ス、タ、ー、で、あ、る、時、点、で、全ては抹殺すべき『悪』なのだッ！」

な、なにぃー!?　そりゃあ一体どういうことだ!?

「者ども集えっ、この者たちをひっとらえろ！　死刑だ死刑だーーーーー！」

『ははぁーーーーッ！』

教皇の叫びに応え、どこからか集まってくる衛兵たち。

俺たちが驚いてる間に周囲を完全包囲されてしまった。

そして俺とシルの前には、『アナタたちはヘルヘイムの法を犯しました。違反内容：「イベント以外でのプレイヤーキル数二十件以上での街への侵入」「街中でのモンスター同伴」。

これらがNPCに露見したため、ヘルヘイム巨大地下監獄まで連行されます』──というメッセージが。

かくして俺たちは、街に入ってから五分そこらで死刑囚になってしまうのだった。

……ってふざけんなゴラァーーーッ!? もうぶっ潰してやるわこんな街オラァァアアアッ!

◆ ◇ ◆

「この犯罪者どもめっ、さっさと牢《ろう》に入れッ!」

俺とシルが連れてこられたのは、光の届かない巨大な地下監獄だった。

何人かの人間が詰め込まれている牢の一つに、俺たちは無理やり入れられた。

「じきに死刑が執行される。それまでガタガタ震えているんだなぁ!」

そう言って看守NPCは牢に鍵をかけ、どこかに去っていってしまった。

その瞬間、目の前にメッセージが表示される。

・アナタたちは地下監獄エリアに送られました。この空間では全てのジョブ・スキル・アーツの効果が無効となります。またモンスター召喚も出来ず、アイテムボックスから武器・アイテムの取り出しも出来ません。ステータスによる身体機能のブーストもなくなります。
10分後に死刑に処されます。違反行為で死亡した場合、レベルが1つ下がります。
・ここから出る方法
1：死刑を受け入れて「始まりの街」にある神殿で復活する。
2：看守NPCを呼び出して保釈金を払う。そうすれば牢から出されて街の入口に転移できるようになります。ただし保釈金は捕まった街によって違います。この街は領主兼教皇のグレゴリオンにより、現状最高金額の三千万ゴールドに設定されています。

「はぁー……こりゃ終わりね。完全に詰みだわ……」

深いため息を吐きながらシルは呟《つぶや》いた。

赤い髪をクシャクシャと掻き乱し、メッセージの文字を忌々しそうに見る。

「プレイヤーキラーとしては大暴れしてやりたいところだけど、ステータスもスキルも全部封印されたら終わりだわ。ねぇ魔王様、もう諦めて死刑になりましょう？　保釈金も払えるような額じゃないし……」

「いや、俺は払えるぞ。ちょうど三千万くらい持ってる」

「んなッ!?……流石は幸運値極振りというべきかしら。散々大暴れしまくってる上に、レアアイテムのドロップ率もハンパないんだもんね。もういいわよ……アタシを置いてさっさと逃げなさいよ……!」

ふてくされたような、どこか寂しげな声を出すシル。そんな彼女の両頬をむぎゅっと挟んでグリグリこねる。

「んにゃっ!? にゃ、にゃにすんのよっ!?」

「逃げるだと? ふざけるな。そもそもこんな逮捕は間違ってるんだよ。プレイヤーキラーのお前はともかく、俺が死刑になっていい理由なんてあるか!」

「ってアンタさらっとアタシに酷《ひど》いこと言ってない!?」

そもそもアンタに付いてきたからこんな街に入ることになっちゃったんだからね!? とギャアギャアうるさく騒ぎ出すシル。元気を取り戻したようで何よりだ。

「なぁシル子」

「シル子ってなによ!?」

「シル子はシル子だろ。そんなことより……俺はいま、この街の在り方にブチ切れている」

奥歯を静かに噛《か》み締めた。

一体なんだ、あの教皇は。『モンスターなど生きているだけで悪なのだ』だと？　ふざけるな……！　それは俺の相棒たちに対する冒瀆《ぼうとく》だ。一発ぶん殴ってやらなければ気が済まない。

「お前はどうなんだよシル子。俺と違って邪悪なお前だが、武力でのし上がりたいって気持ちは同じだろ？　そんな女が、甘んじて死刑を受け入れるのか？」

「ッ、アタシだって嫌よ！　このシル様は、好き勝手に暴れまくって気持ちよくなるためにゲームやってんのよッ！　出来るんだったらとっくに脱獄してるっつの……ッ！」

表情を歪《ゆが》めながらシル子は叫ぶ。

勝ち気で凶暴なコイツのことだ。もしもその手に武器があったら、今すぐにでも牢から飛び出して衛兵たちをぶっ殺しまくりと思っているのだろう。その凶悪性、嫌いじゃないぜ。

さて――システムの穴は見つかった。あとは気合と根性で脱獄するだけだ。あの歪みきった教皇を、サモナーとして成敗しなければ。

「気合は十分みたいだな。じゃあいこうぜシル、教皇グレゴリオンをぶっ殺しに行くぞ」

「はぁ!?　何言ってるのよ！　脱獄なんて出来るわけないし、そもそも街の中ではＨＰが減らない設定なのよ？　アンタが街を奪い取るって言った時には、冗談で『領主ＮＰＣを殺す？』とか聞いたけど……」

「あぁ、ゲーム初日にスキンヘッドのヤツと殴り合ったからわかってるって。たしかにダメージは通らなかったな～」

「うん？」

首を捻《ひね》るシル子さん。そんな彼女を横目に、俺が看守を呼ぼうとした時だった。

牢の中にいた俺とシル以外の者たちが呟く。

「はしゃぐなよ……処刑が怖くないのかよ……！」

「オレたちはいつまでここにいればいいんだ……サモナーというだけで、こんなことになるなんて……」

「うぅ、あの教皇め……！　あぁ、ここから出たい、モンスターに会いたい……！」

牢の隅にうずくまりながらガタガタと震える幾人かの者たち。彼らのことをジッと見ると、『NPC・サモナー』と表示された。

「なんだこいつら？　NPCにもジョブがあるのか？」

「あぁ、ギルドシステムが実装された時に戦闘能力を持つNPCが追加されたって書いてあったわね。

ギルドシステムの一つに、『ホームの防衛をNPCに任せることが出来る』ってのがあるらしくてね。強いNPCにアイテムを上げて親密度を上げたり、傭兵《ようへい》NPCにお金を払って仲間にしましょう～とか書いてあったわ」

なるほど、NPCを雇えるようになるのはゲームじゃよくあるシステムだな。

「……でもなんでこいつら捕まってるんだよ？　牢屋の中にいるやつらとか勧誘のしよう

がないし、そもそも前科あるやつとか雇いたくないわ」

そう言う俺に、シルが複雑そうな顔で答える。

「たぶんだけどこいつら……死ぬためだけに運営が生み出したＮＰＣよ」

「……なに？」

「だってそうじゃない。恐ろしい地下監獄に送り込まれたっていうのに、看守以外に誰もいないなんておかしいでしょう？　他にも何人かいて、恐怖でガタガタ震えていてくれないと『雰囲気』が出ないじゃない。

……そのために用意されたのがこいつらよ。モンスター抹殺主義のこの街の『空気』を感じさせるために、サモナーっていう設定をテキトーに付けられて、そしてこのまま飼い殺し。きっとゲームが終わるまでね」

……なるほど、つまりこいつらはただの小道具ということか。

シルのはしゃぐ声に愚痴を言ったということは、最低限の知能は埋め込まれているのだろうに、雰囲気を出すためだけにここで生きて死んでいけと。

気に食わないな。

俺はサモナーの男たちに近づき、そのデコをピンピンピンッと指で弾《はじ》いていった。

「っていたぁ!?」

「わぁっ！」

「えっ、なに!?」

・NPCに対して暴力行為を行いました。彼らのアナタに対する親密度を、ゼロから−10にまで落とします。

黙ってろシステム。ふぬけた男に根性を入れるには、むしろデコピンじゃ足りないくらいだっつの。

「ア、アンタ、いったいなにを……!?」

「シャキッとしろよサモナーども。設定だろうが何だろうが、お前たちはサモナーなんだろう？ モンスターに対する愛があり、教皇や街の在り方に対して怒りがあるんだろう？ だったらお前たちは俺の仲間だ！ 今から街を奪い取るぞ」

「えっ、ええ……!?」

呆《ほう》ける彼らを放置して、俺は看守を大声で呼び出す。

「おーい降参だー！ 保釈金を払うから、俺だけでも許してくれー！」

「むっ、なんだつまらん。せっかく死刑が見られると思ったのに」

ドタドタと牢の前にやってくる看守。ヤツが扉を開けた瞬間、『アナタは三千万ゴールドを失いました。街の入口に転移しますか？』というメッセージが現れた。

俺はそれを無視し、看守の顔面を全力で殴り抜いたッ！

「ぐがはっ!?」

倒れ込んで尻餅をつく看守。そんな野郎の顔面に蹴りを入れ、向かいの牢屋に叩《たた》き付ける！

「どうだ、ダメージは通らなくても『衝撃』は発生するだろう？　ほらシル、さっさと脱獄するぞ」

「っていやいやいやいやいや!?　なにやってるのよ魔王様!?　看守NPCにそんなことしたらっ、」

彼女が言い切る前に「なにごとだーっ！」という声が響き渡った。

治安維持体制はバッチリのようだ。教皇に通報された時のように、上の出入り口から何十人もの衛兵たちがこちらに走ってくる。

だが二度と捕まってやるかよ。正義の勇者として、悪の手先であるお前たちには屈しない！

「シル、お前の出番だ。大剣をガンガン振り回しまくって、入口までの道を開けてくれ」

「はぁっ!?　ちょっとメッセージを見てなかったの!?　監獄エリアじゃアイテムボックスから武器を取り出せなくなるって書いてあったじゃない!?」

「あぁ——だったら、それ以外の場所から取り出せばいいんだろう？」

「そ、それ以外って……あっ、あああああああああッ!?」

どうやら気付いたみたいだな。

シルの叫びを聞きながら、俺はメニューを開いて『イベントポイント交換ページ』より大剣をタップする。もちろんアイテムボックスに送るのではなく、『すぐに実体化させる』という項目を選んでな。

その瞬間、爆発的な光を放ちながら空中に大剣が姿を現した――！

・200ポイント使用！　最高級限定装備『煉獄剣《れんごくけん》グルヴェイグ』を手に入れました！

「どうだ見たかよッ、これがシステムの穴ってやつだ！」

「くっ……あはははははははッ！　アナタってば最高ねぇ魔王様ッ！　目的を達成するためなら全てを利用する、運営にとっては悪魔のようなプレイヤーよッ！」

腹を抱えて爆笑するシル。八重歯をギラリと覗《のぞ》かせたその笑みは、とても凶暴で俺好みだ。

俺はそんな彼女に大剣の所有権を移行させた。

「さぁ、持って行けよシル！　俺からのプレゼントだ！」

「恩に着るわよ魔王様ァッ！　いいわねぇ燃えてきたわぁ。こうなったら盛大に暴れ回ってやろうじゃないのッ！」

　赤き大剣を握り締め、シルは一気に駆け出した！

「アッハァッ！　全員全部死ねやオラァアアアアアアーーーーーーーーッ！」

「うわぁあああぁッ!?　なんだこの女ーーーっ!?」

　束になろうが衛兵たちは敵《かな》わない。シルが刃を振るうたび、数えきれないほどの衛兵たちがゴミクズのように消し飛んでいく。

　これもまたシステムの抜け穴だ。メッセージには『プレイヤーのみが』この空間でステータスによる身体機能のブーストがなくなる、とは書いていなかった。つまりＮＰＣの身体能力もプレイヤーと同等になるわけだ。

　さらに『数値設定』がゼロになるわけじゃないからな。『筋力値３００以上』を要求するような激レアな大剣も装備することが出来る。これで武器の性能差により数の差を覆すことも可能だ。

　さらに、

「ぎゃあああああああッ!?　あっ、熱い熱い熱い熱いッ!?」

　シルに斬られた者の多くが、身体《からだ》を炎上させながら悶《もだ》え苦しんだ。大剣の効果発動だな。

　この監獄エリアではアーツもジョブもスキルも使えなくなるが、武器の効果だけは無効化されない設定だ。

　だって仕方ないよなぁ？　運営は、『アイテムボックスから武器を出せなくなる』という縛りだけで完封した気になってるんだから。

「あぁ、それともう一つシステムの穴を発見したぞ。攻撃されたモンスターが苦しんでいるのと同じように、どうやらNPCにも痛覚制限が設定されてないみたいだな。プレイヤーと違って大変なことだなぁオイ……教皇を苦しめるために利用させてもらうぞ」

そう言いながら、「なんだこれ……どうなってるんだ……こんな事態の対処法、知らない、知らない……！」と壊れたように震えている看守NPCから鍵を奪い取り、他の牢屋《ろうや》の扉を次々と開けていく。

その中では何人ものサモナーNPCたちが、呆然《ぼうぜん》とした顔をしていた。

「オ……オレたちは、出てもいいのか？　で、でも、なぜかそれはいけないような気が……！」

「だったら一生そこにいろよ。クソみたいな運営《カミサマ》のルールに縛られて、ずっと震え続けていればいいさ。

ああ……だがもしもそれが嫌だというなら、サモナーたちよ！　俺の背中についてこいッ！　全員でこの街を奪い取るぞッ！」

「ッ――!?」

俺の言葉に応え、一人、また一人と、小道具扱いだったNPCたちが立ち上がっていく。

その数は徐々に増えていき、いつしか俺の背には、牢屋の通路を埋め尽くすほどの大軍勢が出来ていた。

「オレたちは……自由が欲しいッ！」

「サモナーとして、愛する使い魔に会ってみたいッ！　なぜか一緒に過ごした記憶がまったくないけど、それでも愛《いと》しいと思う気持ちが確かにあるんだ！」

「もうこんな場所に囚《とら》われ続けるのは嫌だーーーーッ！」

咆哮《ほうこう》を上げるＮＰＣたち。それは小道具ごときでは決して上げられない、決意に満ちた男たちの叫びだった。

そんな事態を前に真っ赤なシステムメッセージが表示される。

・ヘルヘイム地下監獄にて想定外の騒動発生。首謀者はプレイヤー：ユーリと判断。このトラブルを受けてＮＰＣたちのＡＩが異常行動を開始。
管理者チームに報告、報告、報告…………応答なし。よってこれより、バグ修正用ＡＩ『ペンドラゴン』によるジャッジを開始。
ジャッジ――問題なし。システムに不正改竄《かいざん》された形跡はありませんでした。全てはシステムの仕様内の行動です。
ご迷惑をおかけしました。プレイヤー：ユーリ様、これからも安心してゲームを続けてください。

「へぇ、話がわかるじゃねぇか！　よーし、それなら全力で暴動を起こしまくってやるぜ！」

そうして俺は多くのＮＰＣたちを引き連れ、牢獄《ろうごく》の外へと向かって行ったのだった

――！

第十六話 教皇を殺そう！！！！！！！！！！

「いくぞ野郎ども、戦争だッ！」

『オオオオオオオオオ――――――ッ！』

俺の叫びに同調する数百人を超えるサモナーたち。そして、彼らと同数のモンスターたちが咆哮を張り上げた。

ヘルヘイム地下監獄を脱出してからは全てが一方的だった。襲い掛かってくる衛兵どもは数を増していくばかりだが、それがどうした？　俺の仲間とその使い魔たちは最強だ。

「オレに力を貸してくれっ、『ダークネス・ワイバーン』！」

『キシャァアアアアッ！』

「ようやく一緒に戦えるな、『シルバー・タイガー』！」

『ガァーーーーーッ！』

サモナーNPCたちに設定された召喚獣どもは強力だった。

全てこの付近で出る40レベル以上の高レベルモンスターたちだ。それが数百体も数を揃《そろ》えているとなれば、質で劣る衛兵どもなんて敵ではない。

ワイバーンに引き裂かれ、タイガーの突進によって吹き飛ばされ、絶叫を上げながら弾《はじ》け飛んでいった。

こいつは俺も負けられないな。弓を構えてポン太郎たちを射出しまくり、衛兵どもを蹴散らしていく。

・プレイヤー：ユーリ、シルに警告。派遣された衛兵NPCに攻撃を与えました。
そのたびに罪が重くなるため、抵抗せずに捕縛されることをオススメします。

死刑判決を受けるたびに特殊デスペナルティのレベルダウンが加算されていきます。

アナタたちは現在、死刑五千回に処されています。死刑となった場合、レベルが5000引かれます。


「あはははははっ、ねぇ見た魔王様!? 死刑五千回だって！ アナタについてきたおかげでビッグな悪人になれちゃったわ～！」

「馬鹿言え、こんなの不当判決だ。俺は正義だぞ正義！」

「面白い冗談ねー！」

大剣を振るいながら笑うシル子さん（※冗談じゃないんだが）。

コイツにプレゼントしてやった大剣、『煉獄剣グルヴェイグ』に切り裂かれた者は悲惨だ。高確率で発生する延焼の状態異常に陥り、全身から炎を噴き上げながら絶叫を上げて

転げまわる。

街の中ではHPが減らないってだけで状態異常にはなるし、NPCたちは痛覚制限がないからなぁ。哀れなことだ。正義の勇者として見てられないぜ。

よし、人生経験がゼロに等しいサモナーNPCたちのためにも、慈悲の心を見せつけて正義とは何か教えてやらないとな！

そう思いながら俺は特攻用爆殺キマイラ『ジェノサイド・ファイヤーバード（2号）』を召喚して空中から落とし、地獄の炎で衛兵たちを焼き尽くしていった。ヘルヘイムの街が業火に染まっていく。

「よく見ておけよサモナーたちよ、不毛な戦いは一瞬で終わらせるに限る。俺たちの目的は教皇グレゴリオンの排除一択。そのために容赦なく衛兵どもを蹴散らし、早くラクにしてやるんだ！　暴力こそが救済なんだ！」

『お～……！』

・NPCは関係したプレイヤーの影響を受けることがあります。
サモナーNPCたちの人格属性が、ノーマルから『悪』になりました。

ってなんでじゃーい!?

そんなのおかしいだろ！　どうして俺を見習ったら悪になるんだよ!?

あっ、最初は牢屋の隅でガタガタ震えてたNPCたちの顔付きがどんどん凶悪になっていく!?　ねぇちょっと待って！

「ヒャッハーッ！　我らが魔王様に続けぇッ！」

「サモナーとして、男として舐《な》められっぱなしで堪《たま》るかよッ！　教皇をボコグチャにしてこの街を乗っ取ってやるぜーッ！」

「オラァ、いくぞシルバー・タイガー……いや、トラ次郎！　アーツ発動、『パワーバースト』ッ！」

謎の変貌を遂げていくNPCたち。それと同時に最初は最底辺だった親密度が、30、40、50、60と急激に上がって止まらなくなっていく。

「おいシル、NPCたちのガラがどんどん悪くなってるんですけど!?　お前に影響されてあいつらまで俺のことを魔王様呼ばわりしてくるんだけど、どうしてくれるんだよ!?」

「いや、呼び方はアタシの影響だとしても、性格のほうはアナタそっくりになっていってるだけじゃないの……？」

「えっ、マジで!?」

俺の影響を受けてあんな感じになっちゃったのか!?

……うーん、そう考えるとチンピラにしか見えなくなったNPCたちの姿が、なんか男らしいものに見えてきたぞ！　ネーミングセンスもいい感じだしな！

まぁ人格属性が『悪』判定されたことだけはあとでバグとして報告するとして、俺は隅っこで震えていた衛兵にちょっと道を尋ねることにする。

俺はチンピラじゃないから、出来る限り紳士的な態度を心がけてっと。

「おびえないでくれ衛兵、俺は殺しが嫌いなんだ。ただ俺たちは、サモナーとして平和を求めて戦っているだけなんだ。どうか教皇グレゴリオンの居場所を教えてくれないか？」

「なっ……!?　ふ、ふざけるな！　お前たちのような悪党に、教皇様の居場所を教えるわけがっ」

「アァッ!?　誰が悪党だッ、ぶっ殺すぞテメェッ!?」

「ひえーーーーーーーっ!?　ま、街の真ん中のお城です！　視察を終えた教皇様はお城に帰ってきておりますーーーーーーっ！」

おーそっかそっか、やっぱりあそこがアイツの家だったか。聖職者のくせに教会とかじゃなくて城に住むとか、生臭坊主ってやつだなー。

紳士的な態度のおかげで情報が手に入ったぞ。俺は月光に照らされた巨城を指差し、仲間たちへと呼びかける。

「よーしお前たち、あの城目指して進撃だ！　グレゴリオンの野郎をぶっ倒し、この街の支配権を奪い取るぞ！」

『ウオォーーーーーーーーーーーッ！』

咆哮を上げるサモナーとモンスターたち。

大侵攻は止まらない。数で囲うしか能がない衛兵どもを弾き飛ばし、民衆たちを（たぶんカッコよすぎて）震え上がらせながら城への道を突き進んでいく。

・情報更新。プレイヤー：ユーリ、アナタに一万回分の死刑判決が下りました。
隠し条件：『死刑一万回以上の判決を受ける』達成！
スキル【悪の王者】を習得しました！
【悪の王者】：接触するＮＰＣが悪属性に染まりやすくなる。また悪属性のＮＰＣから狂信を集め、正義属性のＮＰＣには無条件で恐怖と威圧を与える。

ってだからなんでじゃーい!?

ぐぎぎぎぎぎ……虐げられていた連中を率いて平和のために戦ってるだけなのに、【悪の王者】呼ばわりするとはトチ狂ってやがるぜ！

もういい、モンスター殺戮《さつりく》主義のグレゴリオンが教皇をやってる倫理観崩壊ゲームなんだから、もうシステムの判定には従わねぇ。俺は何と言われようと正義なんだ！

そう固く決意する俺に、シルがふと訊《たず》ねてくる。

「そういえば魔王様、教皇を排除するって言ってもどうするのよ？　街の中じゃＨＰが減らない設定なのよ？」

「そんなの簡単だろ。モンスターに拉致らせて街の外に放り出してぶっ殺せば解決だ」

「わぁお……それをサラっと思い付いちゃうあたり、アナタって本当に魔王様よね～」

悪人プレイヤーとして見習わなきゃと、なぜか感心しながら頷《うなず》くシル子さん。

そんな彼女の言葉に不満を覚えつつ、俺たちはついに城の前にまで辿《たど》り着いたのだった。

◆◇◆

「邪魔するぞー！」

巨大な扉を蹴り破り、俺は城の中へと侵入した。

どうやら兵士などは配備されていないようだ。赤いカーペットが続いた先に一人、教皇グレゴリオンは偉そうに椅子に座り込んでいた。

俺の姿を見た瞬間、ヤツは忌々しそうに目を細める。

「っ……まさか初めての客人が、貴様のような極悪人とはな」

スキル【悪の王者】の効果だろうか、グレゴリオンの頬にはうっすらと汗が浮かんでいた。

　つまりこいつはシステムから正義属性と認定されたNPCってことか。『使い魔だろうがモンスターは生きているだけで邪悪』と言い切った野郎のくせに気に食わないぜ。やはり運営とは価値観が合わない。

　俺は背後に控えていたシルたちに命令を出す。

「悪いが城の周囲を包囲しておいてくれないか？　相手が一人みたいなら、俺も一人で決着をつける。集団でボコる趣味はないからな」

「うぐぐっ、アタシには耳が痛い言葉なんだけど……まぁいいわ。信じてるわよ魔王様」

　赤い髪を翻《ひるがえ》すシルと、彼女に続くサモナーたち。彼らの信頼の眼差《まなざ》しに頷いて応える。

　さぁ、これで男同士のタイマンだ。俺は真《ま》っ直《す》ぐにグレゴリオンへと近づいていった。

「戦おうぜ教皇様。俺が勝ったらこの街はサモナーたちの聖域とする」

「フンッ、無理なことを言う。ユミル様の加護により、死刑以外の方法では街の中では生命力が減らんというのに」

「ユミル様の加護？……あぁ、運営による保護システムか。

　だったらお前を無理やり街の外にまで蹴り出せばいいだけだろうが。ガバガバだなぁ、神様の加護とやらは？」

　そう言うと、グレゴリオンの表情がにわかに変わった。顔を真っ赤にして玉座から立ち上がる。

「えぇいッ、神を罵倒するとはなんという恥知らずッ！　ならばいいだろう……上位存在として神より与えられた力、その全てを貴様にぶつけてくれるわァアアアアアッ！！！」

ヤツが咆哮《ほうこう》を上げた瞬間、部屋中が赤い光に満たされた。轟音《ごうおん》を立てて扉が閉まり、脱出経路を塞がれる。

さらにはいくつものメッセージウィンドウが空中に浮かび上がり、警告音を鳴らしながら俺へと告げる。

・プレイヤー：ユーリが重要拠点に無断侵入しました。イベント関係の重要NPC：グレゴリオンに危害が加えられようとしています。よってこれより運営による緊急回避システムを作動します。周囲一帯に破壊不可・脱出不可の特殊領域属性を付与し、さらにHPの減少しないシステム保護を無効化。

加えて、グレゴリオンの全ステータスを99999999まで上昇させ、プレイヤー・モンスターからはダメージを受けず状態異常にもならない無敵設定を付与します。

またプレイヤーに対しては死刑十回の罪を付与。HPがゼロになった場合、レベルが10引かれます。プレイヤー：ユーリの場合、累計で10326レベルマイナスとなります。

この領域は、プレイヤーが死ぬまで解除されません。ここから出るには死亡あるのみ。

さっさと諦めて殺されてください。


「グハハハハハハハッ！　これぞ神のチカラなりィイイイイッ！」

絶対的な神の加護を受け、グレゴリオンの姿が変貌していく。

まるで熱膨張するかのように肉体が膨れ上がり、純白のカソックが弾《はじ》け飛んだ。

その中から現れたのは灼熱《しゃくねつ》に染まった鬼のような筋肉だ。気付けば背丈も何倍にも伸び、モンスター以上に怪物じみた姿となって俺のことを見下ろしてくる。これには乾いた笑いしか出ない。

「ははっ……やるじゃねーか運営。流石《さすが》に大事なNPCだけに対しては、街の外にも拉致できないようなトンデモ保護をかけていたか。さて、これはどうするかな～……」

「ハッ！　どうすることも出来ぬわメスがぁッ！　我が神罰の一撃を受け、その美しい唇から血を吐き散らせぇえええええ！」

その瞬間、超音速で駆けてきたグレゴリオンの拳が俺へと炸裂《さくれつ》する！

幸運値以外のステータスがゼロの俺に、全ステータス九億を超える攻撃など耐えられるわけがない。

「がはッッ!?」

俺はヤツの言葉通り、血を吐きながら吹き飛んでいった！

スキル【執念】発動。致命傷をＨＰ１で耐えました！
条件：『一撃で一万以上のダメージを受けて耐える』達成！
スキル【戦士の肉体】を習得しました！
【戦士の肉体】：吹き飛ばされた時の衝突ダメージを半減させる。
条件：『累計で五百万以上のダメージを受ける』達成！
スキル【戦士の肉体】は【魔人の肉体】に進化しました！
【魔人の肉体】：落下・および吹き飛ばされた時の衝突ダメージを半減させる。
条件：『累計で五億以上のダメージを受ける』達成！
スキル【魔人の肉体】は【魔王の肉体】に進化しました！
【魔王の肉体】：落下・および吹き飛ばされた時の衝突ダメージをゼロにする。

轟音を立てて壁に激突した俺だが、激しい衝撃が身体《からだ》を襲うだけでダメージはなかった。

まさに不幸中の幸いというやつか。運営の設定したグレゴリオンのアホな攻撃力によって、習得から一気に最終進化まで果たしたスキル【魔王の肉体】が俺を救ってくれたのだ。

累計で五億以上のダメージなんて、それこそ何か月もゲームをやらなければ手に入らないものだろうに。

「まぁ、このスキルに目覚めなくても『切り札』を使えばどうにかなったんだが……」

さて、思わぬ強化に喜んでいる場合じゃない。俺はグレゴリオンの姿がブレたのを確認すると、咄嗟《とっさ》に目の前に拳を突き出した。

その瞬間、ヤツの巨大になり過ぎた拳と衝突を果たす。

「なにぃ!?」

「スキル【神殺しの拳】【魔王の波動】発動！」

どれだけ敵が強大だろうが、スキルの効果は有効だ。筋肉巨人と化したグレゴリオンは弾け飛んでいき、床に手をつきながら何メートルも後退《あとずさ》った。

「チィ……なぜ諦めないのだッ！　我は神の加護によって貴様からは絶対に傷付けられず、またこの領域からは脱出不可！　どう考えても終わりだろうがッ!?」

「馬鹿を言え。諦めなければ世の中だいたい何とかなるんだよ。……それに俺が悩んでいたのは、お前を殺す方法だけだ。無事に脱出する手段ならとっくに持ってるんだよ」

「なにぃ!?　嘘《うそ》を言うなッ！」

「嘘じゃないさ。……罪人は金を払うことで、神様からたった一つの祝福が与えられる。それは『街の入口への転移権』だ。まぁ俺はそれを選ばずに看守をブン殴ってきたんだが」

「あぁんッ!?　拒否したのならそれまでだろうがッ！　さっさと死に晒《さら》せぇえええ

えッ！」

再び俺に襲い掛からんとするグレゴリオン。だがそれに付き合ってやる義理はない。

お前を殺す方法はもう思いついたからな。

「勘違いするなよグレゴリオン。俺は拒否したんじゃなくて、選ばなかっただけなんだ」

「な、なに!?……え、つまりっ」

「神の加護には神の祝福ってなぁ！　つーわけで俺は退散するぜー！」

そうしてヤツに殺される直前、俺は視界の端にずっと待機させていた『転移しますか？』という項目をタップした！

その瞬間に光の粒子となる肉体。唖然《あぜん》とするグレゴリオンの顔を見ながら、俺は街の入口に転移を果たしたのだった。

想像通りの結果に、俺は腹を抱えて大笑いする。

「アハハハハッ！　あー、取っておいてよかったよかった。システムの穴、またまた発見ってなぁ。

さぁて……ブン殴られた礼だ。終わらせてやるよ、グレゴリオン」

俺の闘志に呼応し、足元に巨大な魔法陣が浮かび上がる。

そこから数多《あまた》の蔓《つる》を伸ばしながら、全長百メートルを超える巨大竜樹が姿を現した――！

「さぁ、いくぞギガ太郎！　神の下僕を焼き尽くしてやれ！」

『グガァアアアアアアアアアアアアアッ！』

俺の最大最強の使い魔、ギガンティック・ドラゴンプラントが咆哮を張り上げた！

その姿を見たヘルヘイムの住民たちが悲鳴を上げる中、ギガ太郎は背中に七つの巨大な花を咲かせると、月光を集束させて城に向かって解き放つ！

「食らえや教皇！『ジェノサイド・セブンスレーザー』！」

そして輝く破滅の光。それはシステムによって特殊領域へと化していた神の居城に炸裂し、灼熱の赤に染め上げていく。

おそらくは内部にも光が差し込み、中にいる者は無事では済まないはずだ。

だが、

『フハハハハハハハッ！　バァカめぇええええ！　我は神の加護によって、貴様らプレイヤーだけでなくモンスターからもダメージを受けないのだぁ！　まぁそもそも極限まで防御力を強化された我には、この程度の光など日光にも劣るがなぁ！』

城の内部より教皇の声が響く。なんだ、身体と一緒に声量まで大きくなったってか？

そりゃよかったなぁ。じゃあ、街中に断末魔を響かせてくれ。

そんな俺の期待に応え、教皇グレゴリオンの笑い声がだんだんと弱々しくなっていった。

代わりに聞こえてきたのは、悲鳴だ。

『あっ、熱いぃいいいいいいいいッ!?　な、なんだこれは!?　どうなっているのだッ!?　わ、我は神によって無敵の加護を受けたはずではっ!?』

「教えてやるよ。ギガ太郎のレーザー攻撃には、受けた場所を『灼熱地帯』に変える効果があるんだよ。

そう、お前はあくまでプレイヤーとモンスターからはダメージを受けないだけだ。だったらフィールドダメージで殺せばいいってなぁ！」

『なんだそれはぁああああッ!?』

絶叫を上げるグレゴリオン。これが全ステータス九億以上にまで膨れ上がった化物の倒し方だ。

どれだけ防御値をカンストさせようが、灼熱地帯には『固定ダメージ』を与える効果がある。

たしか最大ＨＰより毎秒１％のダメージが発生するんだったか。つまりヤツのＨＰがどれだけあろうが、百秒後には必ず死ぬってことだ。

だがそんな長い時間生かすかよ。慈悲の心で一秒でも早く排除してやる。

俺は時間制限によって消えていくギガ太郎から飛び降りると、空中でボスモンスターを召喚する。

「現れろ、チュン太郎！」

『ピギャアアアアアアッ！』

次に召喚されたのは、灼熱の鳥『バニシング・ファイヤーバード』だった。

スキンヘッドのヤツにぶっ殺されかけてからはヒヨコのようにピヨピヨと俺にすがりつ

いてたが、すっかり復活したようだ。

灼熱に燃える翼を広げ、俺を乗せて城の上まで羽ばたいていく。城の周囲ではシルたちが元気に俺に手を振っていた。

「離れてろよお前らー、今から教皇焼きまくるからー！　さぁチュン太郎、空襲開始だーッ！」

俺の命令に応え、チュン太郎の翼より無数の炎弾が射出された！

それは灼熱に染まった城をさらに激しく燃やしていき、やがてその色を溶岩のように赤黒く変えていく。

・火属性のダメージ３００％突破！　ダメージエリア『灼熱地帯』は『獄炎地帯』に悪化しました！

毎秒、最大ＨＰより５％のダメージが発生します！

『ぎゃあああああああああああああっ!?』

グレゴリオンの絶叫がさらに激しいものとなった。だが男と男の『正義』をかけた勝負なんだ、ここで手を抜くのは失礼というもの！

俺はスキル【武装結界】を発動し、延焼の状態異常を与える火属性の剣を城に突き刺しまくった。その効果により、城が太陽のように白く輝き始める。

・火属性のダメージ５００％突破！　ダメージエリア『獄炎地帯』は『浄滅地帯』に超絶悪化しました！
毎秒、最大ＨＰより20％のダメージが発生します！


『あぁあああぁぁッ、熱い熱い熱い熱いィイイイイッ!?　おっ、お願いだぁあああああぁ！　ここから出してくれーーーーーーーッ!?』

「悪いなぁグレゴリオン、それは出来ない相談だ。だってその領域、俺が死なないと解除されない設定なんだろう？　つーわけで、恨むんだったら運営《カミサマ》を恨みなー！」

『そんなーーー!?　かッ、神よぉーーーーーーッ！　我をここから出してくれっ……出せよクソがぁぁあああああぁッ！』

神に対する怒りの叫びを張り上げるグレゴリオン。それがヤツの最後の言葉となった。

パァァァンッと電子レンジの中で卵が破裂するような音が響くのと同時に、ヘルヘイムの上空に巨大なメッセージが表示される。

・聖上都市・ヘルヘイムにて想定外の事態発生！　今後のイベントに関係する超重要NPC・教皇グレゴリオンが死亡しました！
原因は地形ダメージと判断。その首謀者をプレイヤー：ユーリと断定！

管理者チームに報告、報告、報告……………応答なし。よってこれより、バグ修正用AI『ペンドラゴン』によるジャッジを開始。

ジャッジ――問題なし。システムに不正改竄《かいざん》された形跡はありませんでした。全てはシステムの仕様内の行動です。

また領主NPCとの戦闘に勝利したユーリ様に対し、支配領域『ヘルヘイム』の全ての土地権を譲渡します。

ご迷惑をおかけしました。プレイヤー：ユーリ様、これからも安心してゲームを続けてください。


「ッ～～～～～、やったぜぇええええええぇッ！　サモナーたちよ、今日からこの街は俺たちのモノだァアアアアッ！」

『ウォオオオオーーーーーーーッ！　魔王様万歳ッ！　ユーリ様バンザァァァイッ！』

歓喜の咆哮《ほうこう》を上げる仲間たち。この勝利によって彼らからの好感度は１００、２００、３００と上がり続けて止まらなくなっていく。

こうして俺は数多くの手下と一緒に、見事に街を手に入れることに成功したのだった。

さーて、六日後のギルド大戦が楽しみだぜーッ！

【ギルドバトルに】総合雑談スレ　３８０【備えろ！】

1. 駆け抜ける冒険者
ここは総合雑談スレです。

ルールを守って自由に書き込みましょう。パーティー募集、愚痴、アンチ、晒しなどは専用スレでお願いします。

次スレは自動で立ちます。

前スレ：http:// ＊＊＊＊＊＊＊＊＊＊

107. 駆け抜ける冒険者
そういえばお前ら、もうギルドは作った？

俺は友達と作りたかったんだが、土地はもちろん『ギルドホーム建設権利』が高すぎて買えたもんじゃねえ・・・！

108. 駆け抜ける冒険者
>>107
あ～3000万ゴールドくらいするんだっけ。

前回のバトルイベントで一位になったやつらはいいよなー、みんな無条件でそれ貰ってんだろ？

109. 駆け抜ける冒険者
>>108
ああ、だから前回の優勝者たちの作ったギルドに加入する

のが一番だって流れになってるな
そこに入ってイベントやらに参加して強くなって、金がたまったら脱退って感じで。個人のギルドはそれから作ればいいしさ

130. 駆け抜ける冒険者

>>109
スキンヘッド、ザンソード、ヤリーオ、クルッテルオ、そして例のユーリが優勝者だったっけか。

このうち、スキンヘッドからクルッテルオまではもうギルドを作ってるみたいだな。

151. 駆け抜ける冒険者

>>130
スキンヘッド：筋肉無双の短期決戦タイプ
ザンソード：高速戦闘タイプ
ヤリーオ：万能タイプ
クルッテルオ：変幻自在の奇襲タイプ
ユーリ：遠距離攻撃タイプ（ただし殴り合いも好きっぽい）
こうしてみると見事に戦い方が分かれてるな。それぞれのプレイヤーは自分に合ってるところに行けって感じかね？
残るユーリさんがどんなギルドを作るか楽しみだな～

173. 駆け抜ける冒険者

おいお前ら、シルって女の『プレイヤーキルチャンネル』にまた新しい動画が投稿されてるぞ！

今度は……なにこれｗｗｗｗユーリと一緒に脱獄してるｗｗｗｗｗｗｗｗｗｗ

176. 駆け抜ける冒険者
>>173
ファーｗｗｗｗｗ見てきたけどなにこれ、運営のシステムの穴突きまくって大暴れしてるｗｗｗｗｗ
サモナーＮＰＣ何百人も味方に付けて脱獄とか、これやってるゲーム違うだろｗｗｗ

179. 駆け抜ける冒険者
>>176
うわぁあわわわわあくぁああああああっ!?　サモナーたちが呼び出しためっちゃ強そうなモンスターたちによって、衛兵たちが吹き飛んでいく……！

これ完全に魔王の大侵攻じゃねーかｗｗｗｗユーリさんなにやってんのマジでｗｗｗｗｗ

180. 駆け抜ける冒険者
>>173
話の流れから察するに、ギルド拠点にするために街を奪い取るつもりらしいな
そういえばたしかに土地の大きさに制限ってなかったっ

け・・・いやでも街を乗っ取るのは無理だろｗｗｗｗ

240. 駆け抜ける冒険者
>>173
お、街のボスらしき教皇の城にユーリが入っていったところで扉が閉まったぞ。
……ってなんか城が燃え始めたあああああああｗｗｗｗｗｗ中に入ったはずのユーリが空中から爆撃しまくってるｗｗｗｗｗ
なんだこれ、なんだこれｗｗｗｗｗｗｗｗｗ

294. 駆け抜ける冒険者
>>173
って絶叫上げながら教皇死んだｗｗｗｗｗｗｗｗｗｗｗ
え、マジでこれどうなるの!?　え!?
……って魔王ユーリ、マジで街の全権獲得しやがったあああああああｗｗｗｗｗｗ

310. 駆け抜ける冒険者
ふええええええええ・・・次のバトルイベントって、殺し合いとかじゃなくてギルド拠点を潰したら勝ちなんだよね？
って街なんて潰せるかボケェｗｗｗｗｗｗ
実質ユーリのやつ、一軒家のギルド拠点を作っちまったようなヤツに比べたら、何千倍のＨＰを獲得したようなもんじゃねーか・・・こんなんまともに戦えるかよ！

315. 駆け抜ける冒険者

>>310

あの何百人のサモナーとモンスターたちも、全部友好状態みたいだからな。防衛兵もばっちり揃えやがった。

つーかこれってありなの？　みんながせっせとモノ売って土地買ってギルド作ってるのに、大暴れして街ゲットとか意味わからんだろ・・・

なんか運営じゃなくてＡＩが判定したみたいだしさぁ

350. 駆け抜ける冒険者

>>315

運営の作ったＡＩが認めてるってことは、ありにきまってるじゃん。

じゃなきゃ運営がクソ無能ゆとり馬鹿ってことになるじゃんよ？

388. 駆け抜ける冒険者

>>350

あーだよなぁ。前回のアップデートでユーリさんをアホほど弱体化させたときには「なんだこの運営」って思ったけど、結局ユーリさん戦えるようになって戻ってこれたもんな

今思えば、ちゃんとそうなることを見越して弱体化すべき

部分は弱体化させただけなのかもしれないな

400. 駆け抜ける冒険者
>>388
ああ、理不尽なアップデートな上に謝罪もないクソ運営っぷりだったけど、
それって逆に「謝罪する必要はない。なぜならちゃんと色んなスキルを活かせばまだまだ戦えるからだ！」って伝えたかったのかもな！

412. 駆け抜ける冒険者
>>400
プレイヤーが街を保有できるのだって、設定がガバガバだとかじゃなくて、それだけ自由度があるってことだもんなー！

うおーっ、俺も街を支配してみたいぜ！　全部の土地権を奪い取ったら店の利益も自分のものになるってことだろうから、ユーリさんめっちゃ儲けただろうなー！

いまごろ、リアルマネートレードですごい額を運営に要求してるんじゃね？　払いきれるかな？

413. 駆け抜ける冒険者
>>412
バカ、払いきれなきゃプレイヤーに街なんて渡さねーよwwwww

ＡＩが決めたことだとしても、運営が作ったＡＩなんだからそれは運営の正式な判断ってことだもん
「リアルマネーが手に入るって新要素で客を釣ったけど、実は払えませーん(´;ω;｀)」なんてことになったらガチで犯罪だぞw

415. 駆け抜ける冒険者
>>413
そしたら終わりだよなぁwwww
まぁ有名大学出身の天才チームなんだから、そんなアホみたいなことにはならないだろ！
よーし、俺もユーリさんみたいに工夫しまくって、デカい土地をゲットしてやるぜー！

「──ど、どうしてこうなったあああああああああああああああ!?」

「ああああああああああああ終わりだあああああああああああ!?」

「どぼじで今後のイベントやストーリークエストでめっちゃ登場する予定の教皇様が死んでるのぉ!?　どうしてユーリのヤツが街を乗っ取ってるのぉおおおおおおおッ!?」

朝のオフィスに運営チームの絶叫が響き渡る。

彼らが始業時間ギリギリで会社にやってきた時には、全てがめちゃくちゃになっていた……！


絶対的な運営の保護をかけたはずの教皇グレゴリオンは死亡し、ヘルヘイムの街は全てユーリの所有物となっていたのである。

ゲーム内映像を見返してみたところ、そこには数多《あまた》のシステムの穴を突いて突いて突きまくるユーリの姿が。

しかも深夜対応を任せておいたバグ取り用AI『ペンドラゴン』はそれを全て認めている始末。たしかにチートは使っていないし、バグ利用というより単純に『出来ることをやっただけ』という行動内容だが、これはあまりにも酷《ひど》すぎる。

「きっ、緊急ロールバックだー！　ゲーム内の全データを昨日の深夜の段階に戻すぞーッ！」

「バカっ、データが壊れたわけでもないのにそんなことしたら非難囂々《ごうごう》だ！　AIの判断だろうが、一度認めたプレイヤー一人の利益をなかったことにしたら、消費者庁から叱られまくるぞッ!?」

「くそう、くそう！　ユーリの手下のシルのやつ、夜の内にまたまた動画を拡散させてやがる！　これじゃぁ街の支配権をこっそり奪うこともできねぇ……！」

悲鳴を上げる運営チームたち。これまでは何かあったら「お前のせいだ」「アイツのせいだ」と責任を押し付け合ってきた彼らであるが、もはやそんな余裕はない。

彼らは急いで席に着くと、ユーリが発見してくれたシステムの穴を急ピッチで補強していくことにした。

「くっ……元々俺たちは自転車操業。『技術力さえあれば、あとはなんか儲《もう》かっていくだろう』って感じで、資本金数十万円で始めたゲーム運営だ。プレイヤーも課金額も増加しまくってる今、出来る限りゲームを途切れさせるわけにはいかない！　三十分で緊急メンテを終えるんだ！」

「よし、俺は牢獄《ろうごく》での転移権をすぐさま発動するように調整する！　また牢獄ではイベントポイントの交換を行えないようにしよう！」

「わたしは重要NPCが地形ダメージも受けないように保護を見直すわ！　それと教皇グレゴリオンの名前が出るイベントを全修正して……あーーー、こんなの三十分じゃ終わらないってぇ！」

「協力するから愚痴を言うなッ！」

今日ばかりは喧嘩《けんか》も怠けも一切なく、真剣にパソコンに向かう運営チームたち。

人格的にはクソ無能ゆとり馬鹿な彼らだが、その頭脳だけは天才の一言である。『就活だるいし上司にぺこぺこしたくないし～』という理由で資本金数十万円で会社を立ち上げ、細かな設定がガバガバなこと以外はグラフィックも感じる五感も完璧なＶＲＭＭＯを開発したその能力は伊達《だて》ではない。

ユーリに追い詰められたことで頭脳をフルに回転させ、彼らは瞬く間にゲームのクオリティを改善していった。

だがその時、

「あーーーーーーーーッ!?　プレイヤーのユーリさんから、『リアルマネートレードシステムで、百億ゴールドを一千万円に換えたい』って……！」

「んぎゃあああああああッ!?　あ、あの鬼畜美少女、さっそく奪い取った街の金に手を付けやがったッ!?」

「あああああああああああっ、せっかくみんなが課金しまくってくれて儲かってたのにーーーーーーーーッ!?」

「クソッ、クソッ、おのれ魔王ユーリィ！　こうなったらお前のことを利用しまくってでも、儲けまくってやるからなーーーーーーーッ！」

涙と鼻水をダラダラと垂らしながら、怨嗟《えんさ》と絶望の声を上げる運営チームたち。

こうして彼らは社会の厳しさを教えられたのと同時に、ユーリによって見事に大金を奪い取られてしまったのだった……！

第十七話　アイドル女王☆ユーリくんちゃん、誕生！

「わっはっはっ！　稼ぎが旨《うま》くてメシも美味《うま》いなぁ！」

「うふふふふっ、アタシもチャンネル登録数上がりまくりよ～！　収益化で広告料ウマウマだわ！」

ヘルヘイムの街を奪い取ってから一日。俺とシルは街の中の定食屋にて、カツ丼をモギュモギュ食べながら互いの戦果を喜びあっていた。

俺は教皇グレゴリオンが貯蔵していた大金でリアルマネーをゲットし、シルはこっそり撮っていた脱獄劇の動画で知名度アップってな。なんでもチャンネル登録数が一定数を超えたことで、動画の再生回数によってお金が手に入るようになったとか。俺もやってみようかな、動画投稿。

ほっぺたにご飯粒を付けながらシルが訊《たず》ねてくる。

「にしても魔王様、運営からもう少し搾り取れたんじゃないの？　システムの穴も大量に見つけてやったわけだしさー」

「いや、ぶっちゃけあの運営のことだし金もロクにない状態でスタートしてそうだからほどほどがいいさ。それにヘルヘイムの街で循環している金を減らし過ぎると、後々困ったことになりそうだしなぁ」

「あぁそうねぇ。ここって現状の最難関エリアにある街なんだから、今のところプレイヤーたちもやってこないしね。客が金を落とすようになるまでは我慢したほうがいっか」

シルの言葉に俺は頷《うなず》く。

土地の権利と合わせてそこに立っている店の所有権もゲットしたことで、俺のメニューウィンドウには『所有店舗の確認』という項目が追加された。

服職人のフランソワーズが店を持っていたみたいに、元々経営機能はあったみたいだからな。俺の場合は一気に何百店舗もゲットしたわけだが。

その機能を使って店の売り上げや支出などを見てみると、A店が儲かったらB店で材料や雑貨を仕入れ、B店が儲かったらC店で材料や雑貨を仕入れ……という感じで、気持ち悪いくらい順当に金が循環していた。

オーナーとなったプレイヤーが口出ししない限りは、店員NPCを通して、裏でシステムがバランスよく経営をしてくれることになってるんだろう。ゲーム内でガチ経営なんてプレイヤーの負担が大きすぎるしな。ログイン時間も限られてるんだし。

「まっ、経営はシステム様とNPCたちに任せるさ。俺はとにかく数日後のバトルイベントに備えないとな～」

「たしかにね。魔王様がこんなにおっきいギルド拠点を手に入れたことで、掲示板なんかじゃ『ギルド同士で手を組んで、まずはユーリのところを集中攻撃しよう！』って意見が流れてるわよ。ただでさえ前回のバトルイベントで大暴れしたわけだしね～」

「ああ、そういえばお前って前回のバトルイベントじゃ何してたんだ？　俺が出場した第一回目には出てなかったのか？」

「っ、出てたわよこの外道プレイヤー！　あのギガンティック・ドラゴンプラントのレーザーで焼き払われたのようっ！」

涙目になりながらプンプンと怒るシル子さん。あ〜あの時死んだのか。

「そりゃぁあ、まぁ……うん、ドンマイッ！」

「キッーむかつくーっ!?　フンッ、こうなったら次のイベントではアナタの出番がないくらいに活躍しまくってやるんだからね！　レベル上げに行ってくるわっ！」

赤い大剣を手にしながら店から飛び出していくシル子さん。やる気いっぱいなようで何よりだ。

よーし、俺も戦う準備をするか。まずはギルドの状態のチェックだな。

メニュー画面を開き、そこに新たに追加された『ギルドの管理』という項目をタップする。

ギルド名：『ギルド・オブ・ユーリ』
所属プレイヤー：２名
ギルドマスター：ユーリ　サブマスター：シル

土地の大きさ：51万平方メートル
配備された戦闘用ＮＰＣの数：６４５体
配備された調教済みモンスターの数：８２５体

色々と出てきた項目のうち、『配備された調教済みモンスターの数』というのを見てニンマリと笑う。

ギルド拠点の中では、たとえ街中に建てたギルドだろうが侵入者に対してダメージを与えられるなどの特殊システムが適用されるのだが、なんと９９９体までモンスターを配置できるという機能があったのだ。

しかも拠点内部では、協力状態のＮＰＣやモンスターが死んでも、一日経《た》てば復活するという機能まであった。何かと不遇だったサモナーが、ここではじめて優遇されたな。

というわけで今やヘルヘイムの街には、ＮＰＣたちの使い魔と合わせて８２５体ものモンスターたちが歩いている。

ごくごく普通の一軒家をギルドホームとしていたら、こんなことは無理だったろうな～。

「よーしやることは決まったな。戦いまくりながらモンスター集めだ！　それにまたスキンヘッドの野郎とも殴り合いたいし、スキル【執念】が弱体化した問題をなんとかしないとな！」

あとは装備の更新もそろそろしたいし、ギルドメンバーも集めたいし、シルに教わって動画配信もしてみたいな。

やることがいっぱいでワクワクするな。俺はガクガク震えている店員NPCに金を払い、さっそく街から飛び出していった。

◆◇◆

さーて、バトルする前に装備の更新をしなくちゃな。

というわけで、俺はフランソワーズに会うべく『始まりの街』に戻ってきていた。

ヘルヘイムには今まで行ったことのある他の街に転移できるようになる『転移札』というのが売っていたからな。そのアイテムを使ってヘルヘイムからここまでひとっ飛びで来た。

「あっ、魔王ユーリだ！」

「えっ、ホンモノ!?」

「うわぁ綺麗《きれい》だな〜！　運営が発売した『写真集』と同じだー！」

ワーワーと注目してくるプレイヤーたちに手を振ってやる。

はっはっは、すっかり俺も顔が売れたものだ！　なんかたまに「写真集買いました－！」「リアルマネーで五百円したけど納得のクオリティでした！」「ドラゴンプラントにレーザーでドレスを焼かれたカットとかエロエロですね！」なんて声が聞こえてくるが、はて何のことやら？

そのことに首を捻《ひね》りながらフランソワーズの店に向かうと、何やら店先で彼女とちっちゃい女の子が言い争っていた。どちらも金髪で姉妹のようだが、白いドレスを着ているフランソワーズに対してチビ助のほうは真っ黒だ。

チビ助は変なポーズを取りながらフランソワーズに告げる。

「クークックックックッ！　我が永遠の宿敵、フランソワーズよ。我も今日からブレスキオンラインを開始だ！　せいぜい店が潰れないように必死でいい商品を作りまくるがいいっ！」

「永遠の敵ねぇ……？　ねぇグリムさん、βテスト時代にさんざんお金を貸してあげたのは誰でしたっけ？」

「うぐぅっ!?」

「『ぜんぜんアイテムが売れないよ～！』って泣きついてきて、仕方なく作り方をアドバイスしてあげたり材料費を工面してあげたのは？　店舗購入の頭金を出してあげたのは、

いったい誰でしたっけ？　まだほとんど返してもらってないような……」

「あっ、そっ、それはいつか返すっていうか……ぬ～～～～～～～っ！　えぇい覚えていろフランソワーズッ！　我はいつか、貴様を超える職人になってやるんだからなーーー！　うわあああああんっ！」

……ボロッカスに叩《たた》き潰され、泣きながら走り去って行くグリムという少女。フランソワーズはそんな彼女の後姿を見送り、フッと表情を緩めるのだった。

「よぉフランソワーズ。今のは妹か何かか？」

「あらユーリさん、見てましたの？……まぁそんなところですわ。βテストの時代からやたらと突っかかってきますのよ。『いつか絶対に貴様を超えてやるんだ』って」

へぇ、気合入ったヤツじゃないか。

スキンヘッド曰《いわ》く、フランソワーズはトップクラスの職人プレイヤーとして有名らしい。やたらとリアルに近い繊細なクラフト作業をすいすいとこなし、デザインと性能のどちらも素晴らしい装備を作ることからファンも多いんだとか。今だって三階建ての立派な店舗を持ってるくらいだしな。

そんな相手にライバル宣言とはやるなーアイツ。ナイス根性！

そうチビ助のことを評価していた時だ。フランソワーズが何やらニマニマと笑いながら雑誌を取り出してきた。なんだそれ？

「ウフフフフッ、そういえば見ましたわよ～ユーリさん！　運営公式写真集『魔王系アイドル女王ユーリ♡　～戦場に咲くチラリズム～』！　わたくしの衣装を着たユーリさんがとっても美しく写っていて、もう大興奮でしたわー！」

「ってなんだそりゃー!?」

え、俺の写真集なんて出てるの!?　聞いてないんですけど!?　あと魔王なのか女王なのかはっきりしろや！

「そ、それ貸してくれっ！」

フランソワーズの手から例のブツを借りてペラペラとめくる。するとそこには、地下墳墓でゾンビの群れと戦う俺の姿や、森でギガ太郎に触手で締めあげられた時の姿や、バケモノと化した教皇と拳をぶつけ合う姿が。

それに加えて『もしもアイドル魔王様がカノジョになったら♡』というクソみたいな題名の下に、スキンヘッドとハンバーガーを食べた時の姿がなぜかアイツ目線で写っていたり、シルとフランクフルトをハグハグしていた時の姿もシル目線で写っていた。

ってなんだこりゃ!?　運営のやつ、無許可でこんなもん作りやがって！

「おいフランソワーズ、俺こんなのが出てるなんて今知ったぞ。写真集の発売なんて許可してないぞコンチクショウ……！」

「あらそうなんですのっ!?……あー、でも、そういえば規約にこんな文章がありましたわねぇ。『グラフィックデータの著作権は、背景・アバター問わず運営のものとします。またゲーム内のプレイヤーの様子は、宣伝ＰＶなどで利用する場合があります。あらかじめご了承ください』って」

「なにー!?」

彼女の言葉にあわててメニューから規約画面を開いてみると、たしかにそのような文言があった。

……うわー、たぶんゲームを始めるときに表示されたんだろうけど、そんなの読み飛ばしてたわ……。しっかり読んでいたとしても「だからなんだ」って感じだしな。

まさか写真集を出されるなんて思わねーだろ普通……！

「ぐっ、ぐぬぬぬ……！　運営のやつめ、せこい商売をしやがって……！」

「あはは……まぁユーリさんもさらに顔が売れたってことでいいのではなくって？　写真集のレビューページにはこうありましたよ。『戦闘狂だと思ってたけど、めっちゃ可愛《かわい》い顔でご飯食べてて印象変わったわ～！』とか『バトルイベントで虐殺されて憎んでたけど、こうして見ると顔は綺麗だし身体《からだ》はエッチすぎる……あの日のトラウマがご褒美に変わっていくようだ……！』って」

「可愛くねーしエッチでもねーよバカーっ！」

誰だよそんなアホみたいなレビューを書いた奴《やつ》らは!?

怒りのあまり本を地面に叩きつけようと思うも、フランソワーズの買ったものだから（買うなよ）それも出来ず、俺は悔しさと恥ずかしさで呻《うめ》くしかなかったのだった。

チクショウ運営ッ、次のイベントも荒らしまくってやるから覚えておけよーーーー!?

第十八話　アイドル襲来だよ、グリムちゃん！

「ぐぎぎぎぎ……おのれ、指定暴力団・運営組め！　勝手に写真集出すとか『宣伝など』の範囲広すぎるだろっ!?　そもそもクソアップデートで徹底的に俺を弱体化させたことといい、奴らは俺にどんな恨みが……！」

「あはは……まぁ前者はともかく、後者は仕方ないのではなくって？　たとえユーリさんでなくても、プレイヤー個人が三万人を虐殺できる力を手に入れてしまったら……ねぇ？」

クソ運営から姑息《こそく》な反撃をくらった後のこと。俺はフランソワーズと共に『始まりの街』を歩いていた。

思えば彼女とはあんまり話をしてこなかったからな。初期から支えてくれた恩人として、一度は雑談でもしようと考えていた。

「運営には悪いが、俺はいくら規制されようがトップに居座ってやるからな。気合と根性とちょっとした思い付きがあれば、無理なことはあんまりないんだよ。街をゲットしたりとか」

「う～ん……話を聞く限り、ユーリさんの場合はその『ちょっとした思い付き』が予想外すぎるといいますか……！」

呆《あき》れたような顔をするフランソワーズ。「どこから来ますのよ、そのモチベーションと発想力は」と苦笑しながら呟《つぶや》いた。

「なーに、俺なんてちょっと負けん気が強いだけだっての」

「ちょっとの負けん気でトッププレイヤーなんてなれないですわよ。……本当に、ユーリさんがここまでのプレイヤーに成長するだなんて思ってませんでしたわねぇ。ぶっちゃけ最初は、『初心者が三大最弱要素を背負ってトップを目指すなんて無理無理』って心のどこかで思ってましたもん」

「そうだったのか？」

まっ、口だけのヤツはどこにでもいるからな。

しかーし、真の男である俺は不遇なんかに屈しないのだ！　これからも悪の運営と戦いつつ、ちょくちょくと金を絞っていくつもりだ。経営までガバガバで破産するなよ？

さて、当面の目標は次のギルド大戦での優勝だな。そこで装備の新調を頼むのと一緒に、フランソワーズにギルドに入らないか誘いにきたのだが……、

「実は、こうして街を歩くまではフランソワーズのことをギルドに誘おうと思ってたんだけどな」

「あら……ごめんなさいユーリさん、もしも誘われていたら、きっとお断りしていましたわ。理由は……わかりますでしょう？」

「ああ。以前の俺と同じような、右も左も分からない初心者たちをサポートしてやりたいんだろう？」

街並みを見てよくわかった。広大な石造りの道には多くの初期装備の者たちが歩くようになっており、ここ数日で十万人を超えるほどの新規プレイヤーが参加したってのが肌で感じられた。

感覚からグラフィックまで全部がリアルなVRゲームでこんなに人が増えたら、データ処理やらで動作が遅くなると思うんだがな。これでまったく影響がないなんて運営も（技術面だけは）やるもんだ。

そこだけは認めてやりながら、俺は言葉を続ける。

「まぁ俺もゲームを始めてから二週間も経《た》ってないから、初心者と言えば初心者なんだけどな。だけど金も武器も充実している俺より、フランソワーズの手助けが必要なやつは多いだろ」

「ふふっ、流石《さすが》はユーリさん。話が早くて助かりますわ。

それで代わりと言ってはなんですが、ユーリさんに紹介したい子がいますのよ。……ここですわ」

そう言ってフランソワーズはちっちゃい小屋を指差した。ウルフキングことウル太郎の犬小屋にもならなそうなショボさだが、入口には『万物創世の女王・グリムの装備店』という看板が。

あ～、あの金髪のちっちゃい子の店か。βテスターは金を引き継げるっていうのに、こんな小屋しか買えないなんて……本当に売れてなかったんだな。ドアもないし、居酒屋みたいに暖簾《のれん》がかかってるだけじゃないか。

フランソワーズは「お邪魔しますわ～」と慣れた様子でそこに入っていく。

「むむっ、よく来たな客人よ！　貴様は本日一人目の客で……って、フランソワーズ!?な、なんだ、借金を取り立てに来たのかー!?」

「違いますからガタガタ震えないでくださいまし。……実はギルドメンバーを探している方がいましてね。そこでグリムさんの腕を見込んで、アナタのことを紹介しに来ましたの」

「ムッ、我のことを紹介だとぉ？　ふふっ、言っておくが我は孤高の天才職人。ハンパな者の下に付くつもりはないぞ？　それこそ、かの恐ろしくも美しき至高の魔王・ユーリ殿からの誘いでもなければ～」

「俺だぞ」

「えっ、ファーーーーッ!?」

フランソワーズに続いて店に入ると、グリムは変な声を上げながら飛び上がった。

そんな彼女の様子にフランソワーズがクスクスと笑う。

「うふふふふふふっ！　さぁグリムさん、自慢の商品を紹介しまくって、みごと魔王様の心を射止めてごらんなさい！　ではでは、あとは二人でごゆっくり～！」

金色の髪をなびかせながら優雅に去っていくフランソワーズ。「またなー」と彼女に手を振った後、俺はガックンガックン震えているグリムに向き直った。

「というわけで、ギルド大戦に向けて腕のいい職人プレイヤーを探してるんだよ。そこでお前の腕前を見せて欲しいんだが……」

「あっ、あわわわわわわっ!?」

顔を真っ赤にしながら、柱の陰に小さな身体を隠してしまうグリム。だが決して俺のことを嫌っているわけじゃないらしく、「ス、スクショ撮ってもいいのかな!?」「写真集で見たより綺麗《きれい》だ~……!」と震えながら呟いていた。ってお前も写真集買ったのかよ。

うーん、とにかくこれじゃ話せそうにないなぁ。俺は彼女に近づいて背を屈《かが》め、なだめるように話しかける。

「じゃあグリム、落ち着いたら声をかけてくれ。別に急いでるわけでもないからな?」

「ひゃ、ひゃいぃぃぃぃ……!」

……どうやら逆効果だったらしい。グリムは涙目になりながら、さらに震えを激しくさせて身体を縮こまらせてしまうのだった。

この子、本当に大丈夫なんだろうか……?

◆◇◆

「――フッ、すまなかったな魔王よ！　貴殿の覇気に当てられ、つい正気を失ってしまった……！」

「そうだな、まさか『ひゃぃぃぃいいい』なんて声を上げられるとは思わなかったわ」

「やっ、やめてー!?」

気恥ずかしさから顔を真っ赤にするグリム。こうして彼女と話せるようになるまで数分はかかった。

さて、それじゃあ自慢の商品を見せてもらおうか。それで腕前を判断することにしよう。

ちっちゃな小屋の中、同じくちっちゃな彼女にそう告げると……、

「わ、私の作るやつはよく、β時代じゃ馬鹿にされてきた。フランソワーズのように認めてくれる者もいたが、大概の者は微妙な顔をするばかりだ。とても『王道』になれるものじゃない……」

悔しそうに俯《うつむ》くグリム。だが俺のほうに向き直ると、強い眼差《まなざ》しで言い放つ。

「しかしっ、魔王殿ならば我が創作品を認めてくれるはずだ！　幸運値極振りでトッププレイヤーとなったアナタならば！」

そう言うと、グリムはメニューを操作し、俺の前にいくつかの商品リストを表示させた。

するとそこには、

頭装備『呪われし姫君のベール』（作成者・グリム）
装備条件：ＨＰ・ＭＰ残量が一割以下のプレイヤーのみ
防御値＋５００
武器『呪われし姫君の槍《やり》』（作成者・グリム）
装備条件：筋力値１００以上
威力３００　切れ味３００　装備者の防御値・敏捷《びんしょう》値－３００
装飾品『呪われし姫君の指輪』（作成者・グリム）
・装備者のＨＰを１にする。装備中、極低確率でスキルの再発動までの時間をゼロにする。

「な、なんだこりゃ……！」

グリムの作ったものは、どれもこれもＨＰやＭＰが切れそうなときのみ装備できるものや、装備すると特定のステータスを大きくマイナスするものばかりだった。

そりゃ王道になれるわけがない。大して売れないのも納得の、安定性の欠片《かけら》もないピーキーなものばかりだ。

驚愕《きょうがく》する俺に対し、グリムは目を潤ませながら宣言する。

「なっ、何かを捨てるからこそ大きな力を得られるッ！　これこそがロマンっ！　これこそが、我の装備品に対する信念なのだ！

どうだ魔王殿よ、私のセンスは気に入ってくれたか……!?」

訴えるような、すがるような目で問いただすグリム。

……こんな問題作ばかり見せつけられたら、答えは決まってるじゃないか！

「気に入ったッ！　俺はお前の商品も、お前の信念も全部気に入ったッ！　ぜひともギルドに来てくれよグリム！　お前の力が必要だっ！」

「うっ、うんっ！」

自然と握手を交わし合う俺たち。こうして俺のギルドに新しい仲間、職人のグリムが加わることになるのだった。

俺は彼女の腕前に満足しながら、メニューを開いて契約料を渡すことにする。

「お金だけポンと渡すのも味気ないからな……あ、そうだ。ヘルヘイムの街で一番大きな屋敷をグリムにやるよ。そこを店として使ってくれ」

「うむ……って、えッ!?　屋敷!?」

「それと俺が今まで集めてきたアイテム類や街にある資材も全部グリムの自由にしていいから、いい商品を作りまくってくれよ！　お前のこと、期待しまくってるからな！」

「ふぇえええええぇ……!?」

再びガクガクと震えはじめるグリ子さん。尊大な口調のわりに、かなり小心者な子であるらしい。

俺はそんな彼女の肩を叩《たた》きながら、ハッハッハと笑うのだった。

第十九話 開花させなくてもいい才能を開花させたよ、グリムちゃん！

「装備のほうはどうなったかな～と」

グリムを拾ってから一日。俺はログインすると、さっそく彼女に与えた屋敷に向かった。

巨大都市・ヘルヘイムの中でも一番大きな屋敷だ。これをプレゼントした時にはグリムのやつ、ポカーンと口を開けて呆然《ぼうぜん》としてたっけか。

その後、いくつかの装備店を潰して職人ＮＰＣと素材を全部彼女のものにしてやったら、まーたガックンガックン震え始めたんだがな。「ハイレベルクラスの職人たちと激レア素材を山ほど私に……!?　えっ、これ期待に応えれなかったら私どうなるの……？」と慄《おのの》いていた。

さて、屋敷に着いたな。

「邪魔するぞー」

大きな扉を開けて作業場となったフロアまで突き進んでいく。

ちなみに俺の今の服装は初期装備の黒いワンピースドレスだ。

装備の改良というのも出来るらしいから、フランソワーズにもらった『死神のドレス』セットも全部グリムに渡したんだ。そしたらアイツ、また震えながら「えっ、トップ職人のフランソワーズの作品に手を加えろって!?　しかも、これでもしも壊しちゃって魔王殿の戦力を下げちゃったら……ふぇぇぇぇぇぇ……！」と不安で泣き出してしまった。負けん気と信念は十分なんだが、どうにも小心者な職人様である。

まぁ「頼むグリム、俺が頼れるのはお前だけなんだ……！」と言ったら、ちっちゃい身体《からだ》を奮わせて、なんかすっごくやる気になり始めたが。

ただ本当のことを言ったまでなんだが、奮起してくれたみたいで何よりだ。

昨日のことを思い返しながら作業場にお邪魔する。すると、グリムが腕を組みながら自信満々の表情で俺を待ち構えていた。

「クーックック、来たか魔王殿！　そなたの装備はバッチシ出来ているぞっ！」

「おう、期待してたぜグリム。もちろん、注文通りの幸運値一極補正なんだよな？」

「うむ。強化率を上げるために、他のステータスにマイナス補正をつけたほどだ。一般的なプレイヤーが見たらドン引く品々だが、作ってて楽しかったぁ……！」

と言いながら、ツヤツヤとした顔で笑みを浮かべるグリ子さん。そういうイカれ装備が大好きだからなぁコイツ。

そう、彼女に頼んだのは極限までの幸運値補正だ。

実は昨日、グリムの店で買った『呪われし姫君の指輪』というアイテムのおかげで、運営に弱体化させられた【執念】のスキルが再び力を取り戻した。

アップデートにより五秒に一度しか攻撃を耐えられなくなってしまっていたが、指輪の

『装備者のHPを常時1にする代わり、極低確率でスキルの再発動までの時間をゼロにする』という効果により、その制限をなくすことに成功したのだ。

ただしこれからは初期と違い、極低確率でしか発動しない指輪＋低確率でしか発動しない【執念】の二つの判定をクリアしなければ、連続攻撃を耐えることは出来なくなっちまったんだがな。

ならばどうする？　決まっている。

「難易度が二倍になったなら、それだけ幸運値を叩き上げればいいってな！　さぁグリム、さっそく渡してくれ」

「おうとも！　どれもこれも自信作だぞ〜！」

むふーっと小さな胸を張るグリム。その微笑《ほほえ》ましさに笑いながら、俺は早速アイテムボックスに送られてきた品々を確認する。

さて、補正値30からどれだけ上がったか……！

・**頭装備『呪われし死神姫の髪飾り』**（作成者：フランソワーズ　改変者：グリム）
装備条件：プレイヤーの筋力値・魔力値・防御値・敏捷値全て半減　ＭＰ＋１００
幸運＋３００
・**体装備『呪われし死神姫のドレス』**（作成者：フランソワーズ　改変者：グリム）

装備条件：プレイヤーの筋力値・魔力値・防御値・敏捷値全て半減　MP＋100
幸運＋300

・**足装備『呪われし死神姫のブーツ』**（作成者：フランソワーズ　改変者：グリム）
装備条件：プレイヤーの筋力値・魔力値・防御値・敏捷値全て半減　MP＋100
幸運＋300

「って、うっわぁぁああ……！　『30』から『300』って上がりすぎかよ……!?　MPの補正値も三倍以上になってるし、すごいなこれ……！」

「フゥーハッハッハッハー！　どうだ見たか、これが我の力だ！　すごいだろーっ！」

「ああすごい！　やっぱりグリムは天才だ！　お前に会えて、本当に良かったッ！」

「ふええっ!?」

ギュっと手を握りながら素直な想《おも》いを告げると、グリムは顔を赤くして固まってしまった。

だけど本当のことだからもっと言ってやる！

「ありがとう！　偉い！　有能！　すごい！　お前と出会えた幸運に、俺は嬉《うれ》しくてたまらない！」

「まっ、魔王殿やめてぇー!?　わたっ、わたし、褒められ慣れてないからぁ……！」

プルプルと震えながらいよいよグリムは柱の陰に隠れてしまった。

全部本当のことなんだから、素直に受け止めてもいいと思うんだけどな～？

さてと、彼女を褒めるのはこれくらいにしてさっそく装備することにしよう。

以前はアイドル風のゴシックドレスだったけど、今回はグリムに「男性向けの良いデザインにしてくれ」って頼んでおいたからな。

どうなったか期待しながら装備類のアイコンをタップすると、俺の身体は光に包まれ――、

「――って、なんだこりゃーーーーーッ!?　なんか肌の露出が増えてるんですけど!?」

「えっ、だって魔王殿、『男性受けのいいデザインにしてくれ』って言ってたし、めっちゃ張り切ってみたんだが……」

んなっ、聞き間違えられてるー!?

……些細《ささい》な伝達ミスにより、死神のドレスシリーズはエロ方面に進化を遂げていた。

ただでさえ肩と脇が丸出しだったというのに、さらに横乳のあたりまで大きく布面積が削られていた。

それにスカートの生地もめっちゃ薄い。これまでの構造通り何重にもなってるからまだいいが、一枚一枚で見てみたら、透けてるぞコレ……！

一応、腕から腰を通す感じで『天女の羽衣』のような細長い薄紫の布が追加されてるが、清楚《せいそ》さなんて絶無だ。むしろ露出多めで生地のスケスケなドレスと相まって、妖艶さが上

がってるだけだ。

クッ……しかもなんだこりゃ、胸のあたりがキツくなってボディラインが出やすくなってやがる……！　あえてワンサイズ落としてエロく着せるテクニックとか、どこで覚えてきたんだよグリムッ⁉

「なぁグリム、このゴシックアイドルエロドレスのデザインは誰かが教えてくれたのか……？」

「えっ？　ほとんど直感で作っただけだけど……？」

ちょ、直感でコレ⁉　こ……こいつ天才だーーーーーーッ⁉　ちっちゃなくせしてエロ装備作りの天才だッ⁉

俺はとんでもない逸材を拾ってきてしまったことに、改めて戦慄を覚えるのだった……！

「えっ、もしかして私ってセンスなかった⁉　いじり直したほうがいい⁉……そしたら、ステータス補正値が落ちちゃうかもだけど……！」

「……いや、お前は素晴らしい才能の持ち主だ。自信を持って胸を張ってくれ」

「えっ、そう？　よかったぁ……！」

ホッと無邪気な顔で微笑むグリ子さん（エロ改造の天才）。性能が下がるかもしれないデメリットも含め、こんな顔を見せられたらとても「ボツだ」なんて言えない。

――よし決めた。『赤信号、みんなで渡れば怖くない』って言うしな、シルのやつが帰ってきたらアイツの装備もエロくしてやろっと！

「まぁデザインのほうは俺の伝達ミスだから仕方ないとして、『死神姫』シリーズの性能は最高だ。ありがとうな、グリム」

彼女の頭をポフポフ撫《な》でながら、ステータス画面を開いた。

さてさて、バトルロイヤル前は『２５００』くらいの幸運値だったんだが、これでどうなるか……。

名前　：ユーリ
レベル　：46
ジョブ　：ハイサモナー
使用武器　：弓
ステータス
筋力：0　防御：0　魔力：0　敏捷《びんしょう》：0
幸運550×3×2+54+900＝『4254』
スキル
【幸運強化】【執念】【致命の一撃】【真っ向勝負】【ジェノサイドキリング】
【非情なる死神】【アブソリュートゼロ】【ちゃんと使ってッ！】

【逆境の覇者：HP1のため発動状態。全ステータス三倍】【神殺しの拳】【魔弾の射手】【魔王の波動】【魔王の眷属《けんぞく》】【魔王の肉体】【悪の王者】【武装結界：限定スキル①】【異常者】

装備

・頭装備『呪われし死神姫の髪飾り』（作成者：フランソワーズ　改変者：グリム）
装備条件：プレイヤーの筋力値・魔力値・防御値・敏捷値全て半減　MP＋100
　　　　　幸運＋300
・体装備『呪われし死神姫のドレス』（作成者：フランソワーズ　改変者：グリム）
装備条件：プレイヤーの筋力値・魔力値・防御値・敏捷値全て半減　MP＋100
　　　　　幸運＋300
・足装備『呪われし死神姫のブーツ』（作成者：フランソワーズ　改変者：グリム）
装備条件：プレイヤーの筋力値・魔力値・防御値・敏捷値全て半減　MP＋100
　　　　　幸運＋300　マーくん憑依《ひょうい》状態
・武器　：『初心者の弓』　装備条件なし　威力1
・装飾品：『呪われし姫君の指輪』（HPを1にする代わり、極低確率でスキル再発動時間ゼロに）『邪神契約のネックレス』（HP1の時、幸運値三倍）『耐毒の指輪』（低確率で毒を無効化）

「うおおおお！　幸運値、ついに4000超えしやがったー！」

大幅にレベルアップしたのもあるが、やはり装備補正がハンパない！

レベル40を超えてからはかなりレベルが上がりづらくなっていたため、これは助かる。

「本当なら幸運値以外のステータスが全部半分になってるところだが、俺は元からゼロだからなぁ。つまりデメリットなしってことだな！」

「クックック、尊敬する魔王殿に喜んでもらえたようで何よりだ。デメリットごつ盛りのトンデモ装備を作れて、私も楽しかったぞっ！」

グリムと一緒に満面の笑みで笑い合った。

俺は幸運値極振りの道をさらに極めることが出来たし、コイツとは相性最高だ。これからも末永くお世話になっていきたいもんだな。

「あ、そうだグリム。シルってやつの装備もいじり終わったら、今度はNPCたちの装備も用意してもらえるか？」

「うぐっ!?……たしか600人以上いたっけ。イベントまでに間に合うかなぁ……？」

「無理はしなくていいぞ。間に合わなかった分は街で売ってる高級装備を着せればいいだけだから、どうか気負わずやってくれ。……職人NPCたちも、グリムに協力してやってくれよ？」

『ひぃっ!?　わ、わかりました魔王様ッ！』

俺の一言に作業していた職人たちが震える。

う～む、スキル【悪の王者】の影響でビビられやすいんだったな。キビキビと言うことを聞いてくれるから便利なんだが、この反応は傷付くなあ。

ちょっとクーデター起こして無理やり新領主になったからって、そこまで怖がることはないだろう。絶対にあのスキルのせいだなっ。プンスカ！

「職人たちよ、恐れることは何もない。俺は有能な部下に対してはとことん褒美を与えるつもりでいる。

お前たちの作り上げた武具が敵を貫き斬り裂くたびに、それに見合うだけの土地と大金をくれてやろうッ！　さぁ、欲望を燃やして腕を振るぇッ！」

『はっ……ハハァッ！』

・職人NPCたちの人格属性がわずかに悪寄りになりました。

ってなんでじゃーいッ!?「働き者にはやさしくするよっ！　だから頑張って働いてねっ！」って言っただけなのに、なんでお前ら悪に堕《お》ちるッ!?　バグってんのかお前ら!?

「クックック、流石《さすが》は魔王殿。見事な悪の首領っぷりだなっ！」

って悪の首領じゃねぇよ！　気持ち的に勇者やってるつもりなんですけど!?

もう意味がわからん。周囲の評価にぐぎぎぎぎぎぎぎっと俺が唸《うな》っていたその時、ふいに屋敷の入口のほうから争う声が聞こえてきた。

「きっ、貴様止まれーッ！　貴様のような蛮族を、魔王様に接触させるわけにはっ」

「アァンッ!?　てめぇ、オレ様とユーリの仲を邪魔すんじゃねぇえええッ！」

野太い怒号が響くのと同時に、何枚もの壁を突き破ってサモナーＮＰＣが吹き飛んできた！

そうして出来た穴をズカズカと進み、そいつはでかい身体《からだ》とツルツルの頭をにゅっと俺の前に覗《のぞ》かせた。

「お～ようやく見つけたぜぇ！　よぉユーリ、久しぶりだな～！」

「スキンヘッドー！」

なんだ、何事かと思ったらお前かよー！

俺たちは再会の喜びに笑いながら、ハイタッチを交わし合った。

ちなみに側《そば》にいたグリムはスキンヘッドを見た瞬間、ピィッという声を上げて部屋の隅に隠れてしまった。

なにやら「身体一つで魔王殿と殺し合った『鬼神』が、なぜここに!?　まさか襲撃……!?」と怯《おび》えている。いいヤツだから安心しろっての。

「おぉ～ユーリ、見ない内にずいぶんとエロ可愛《かわい》い恰好《かっこう》になったもんだなぁ……！

ほれ、横乳ツンツンっ！ってうおっ、指が吸い込まれていく!?　クセになる柔らかさっ……！」

「くすぐったいからやめろっての。『通報しますか？』ってメッセージが出てきてるし、間違っても俺以外にはやるなよ？」

乳をいじってくる親友に釘《くぎ》を刺す。他人にやられたら冗談でも嫌だが、コイツにならさほど不愉快じゃない。スキンヘッドのほうも「おめぇ以外にはやらねーよ」と笑いながら答える。

「んで、今日は何しに来たんだよ？　ちょっとした用事ならフレンドメッセージを送ってくれればいいのに」

そう言うと、スキンヘッドは「そういうわけにはいかねェんだよな～」と困ったような笑みを浮かべる。

そして、次の瞬間――血管が浮かぶほどに握り締められた大きな拳を、俺の心臓へと打ち放ってきたッ！

あまりの速さと強烈さに空気の壁が爆裂し、ズパァァァァンッ！　という音が部屋中に響き渡った。

だが、俺にはほとんど衝撃がない。胸の肉にヤツの拳が当たり、そのまま胸骨に届くかどうかというところで寸止めされていたからだ。恐るべき肉体のコントロール精度である。

スキンヘッドは熱い拳を俺の心臓部へと押し付けながら、ニィイイイっと獰猛《どうもう》に牙を覗かせる。

「――宣戦布告しにきたんだよ、ユーリ。

次のイベントでテメェのことをぶっ潰すために、六十四ものギルドが同盟を組むことになった。このゲームに存在しているほぼ全てのギルドだ。

総司令はザンソードって野郎だが、同盟を掻《か》き集めたのはこのオレ様だ。流石に一人じゃテメェを殺せそうにないからなぁ」

だから数の力で殺すと、きっぱりと言い切るスキンヘッド。

それは聞く者によっては卑怯《ひきょう》な策だと感じるかもしれないが、俺は違うと断言する。

コイツは……この男は、俺のためだけに各地を奔走し、仲間たちを掻き集めてきたのだ。

冷静に戦力差を見極めて、俺を確実に殺すために全力を尽くしてくれたんだ……！

「あぁ、スキンヘッド……！」

俺は嬉《うれ》しさで胸がいっぱいになった。胸に押し付けられたヤツの拳が、その奥にある俺の心臓を高鳴らせる。

その剛直な凶器で貫かれてみたいと思いながら――それと同時に、コイツのことをぶっ殺したいと切に思った！

俺は爪先立ちで背伸びをし、長身のヤツの瞳に顔を近づかせる。

「上等じゃねぇかスキンヘッド！　やっぱりお前は最高だ……全部の敵を薙《な》ぎ払って、必ずお前に会いに行くぞ……！」

「あぁ、その意気だぜェユーリ……！　他の野郎どもは所詮オマケだ。最後は必ず、このオレ様がテメェを滅茶苦茶《めちゃくちゃ》にしてやるよ……ッ！」

吐息が混ざるほどの距離でギラギラと睨《にら》み合う俺たち。必ずお前を倒してやるぞと、互いに闘志を燃やし合う。

そんな俺たちに対し、なぜかグリムは微妙に頬を赤らめながら聞いてきた。

「あっ、あの、お二人は付き合ってるんですか……!?」

「「は？　なんでだよ？」」

いったいどういう意味だろうか……？

彼女の謎の質問に、俺とスキンヘッドは「う～ん？」と揃《そろ》って首を捻《ひね》るのだった。

【ギルドバトルに】総合雑談スレ　４１０【備えろ！】

1. 駆け抜ける冒険者

ここは総合雑談スレです。

ルールを守って自由に書き込みましょう。パーティー募集、愚痴、アンチ、晒しなどは専用スレでお願いします。

次スレは自動で立ちます。

前スレ：http:// ＊＊＊＊＊＊＊＊＊＊

107. 駆け抜ける冒険者

スキンヘッドさんから「ユーリのギルドを倒すために協力してくれ」って連絡が来たときはビックリしたわー
オレんところのギルド、出来たばっかだしメンバーも少数なのによく知ってたな

108. 駆け抜ける冒険者

>>107
あの人β時代から顔が広いからな。そのツテで情報を得たんだろ

109. 駆け抜ける冒険者

>>108
あいつスケベだから女子プレイヤーからは嫌われまくって

るけど、まぁそのぶん俺らからしたら取っ付きやすいしなw
でもフランソワーズさんと知り合いなことや、なによりユーリちゃんとめちゃくちゃ仲いいのは許せねぇぞオラ！
爆発しろスキンヘッド！

130. 駆け抜ける冒険者
>>109
同意だな、スキンヘッドのくせになんであんな顔の綺麗な子と仲良くなってんだよ爆発しろ。

てか魔王ユーリといえば、誰かあの人のギルドに入った？

シルちゃんって子は仲間になったっぽいけど

151. 駆け抜ける冒険者
>>130
俺サモナーだから入りたいけど、東の果てのヘルヘイムまで行ける気がしねぇや・・・モブモンスター強すぎて死ぬわ
初心者の街でちらっと見かけた時に声かければよかったな～

173. 駆け抜ける冒険者
>>151
ヘルヘイムといえば今実装されてるフィールドで一番端にあるとこだもんな。

命からがら辿り着いて入れてもらっても、雇われてるＮＰＣたちより弱かったりしたらへこむよなｗ

176. 駆け抜ける冒険者
>>173
それありそうだな～ｗｗｗレベルの高い街のＮＰＣってことは最初から強力そうだしｗｗｗ
たしか金やら好感度やらでギルドの協力キャラになったＮＰＣは、ギルマスが経験値を得るたびに成長してくんだっけ
そんで人格面でも影響を受けていくとか・・・

179. 駆け抜ける冒険者
>>176
ユーリに影響された軍団とか嫌すぎるわｗｗｗｗ
まぁもしもユーリが大々的にギルドメンバーを募集するなら参加してみようと思うけど、今のところそれもなさそうだし、どっかのギルドに入れてもらって敵に回ってみるのもありかなぁ
第一回目のバトルロイヤルじゃ虐殺された身だからな・・・スキンヘッドに協力して魔王を倒すのも悪くない・・・！

180. 駆け抜ける冒険者
>>179

俺も魔王ユーリに挑戦してみたいからそうするわ！

一人で立ち向かうのはごめんだけど、数の力で押せば俺でも一撃当てれるかもだからな！

240. 駆け抜ける冒険者
おお、勇者ラインハルトの呼びかけに応え、魔王ユーリを討つためにみんなが手を取り合っていく・・・！

本当にゲームのボス戦じみてきたなw

294. 駆け抜ける冒険者
>>240
勇者ラインハルトって書くとすげー勇者っぽいけど、実際はスキンヘッドでムキムキの筋肉野郎なんだけどなw
よーし、いっちょバトルロイヤルのときの借りをみんなで返してやりますかぁ！
みんなでユーリちゃんとついでにシルちゃんを襲うぞおおおおおお！

296. 駆け抜ける冒険者
>>294
そう書くと犯罪っぽいからやめろバカwwwww

第二十話　最強の座をかけて！

ライバルであるスキンヘッドからあれほど熱烈な宣戦布告をされては、男として落ち着いていられない。

次のバトルイベントまであと四日。俺は出来る限りの準備を行うことにした。

まず、ギルドメンバーについては無作為に募集するような真似《まね》はしない。

街を丸々一つ取り込んだことから、俺のギルドはトップクラスの資源と資産を持っているからな。教皇の城にあったよくわからん絵画を売り払うだけでも数千万ゴールドだ。ゆえに盗難目当てで近づくヤツだって多いはずである。

テキトーに人員を入れまくった結果、イベント前に金やアイテムだけ持ち逃げなんてされたら目も当てられないだろう。そんなやつを追《い》いかけてぶっ殺している余裕もない。

だから今回は、その資金力を最大限に活かして、各地の街にいる最上級の傭兵《ようへい》NPCを雇いまくることにした。雇用金額は超高額な分、レベルも戦闘技術も一流らしい。

その役目を任せたシル曰《いわ》く、『傭兵NPCは悪人格のヤツが多いから、スキル【悪の王者】の効果でみんなすんなり従ってくれるようになったわ』とのこと。

アイツも俺と一緒に暴れ回って、死刑一万回の条件を満たしてるからな。例のスキルが役立っているようで何よりだ。

まぁメンバー募集についてはそんな感じだな。もしも信頼できるようなプレイヤーが見つかったら声をかけるかもしれないが。

そして職人のグリムには、戦闘には参加しなくていいからシルやNPCたちの装備作りに集中してもらうことにした。木を隠すには森の中というわけで、俺の恰好《かっこう》を紛れさせるために女キャラたちの装備は全部セクシー系にしておけと言っておいた。

あいつも『クックック。流石《さすが》は魔王殿、よくわかっておる！　古来より悪の組織の女たちは、黒くてきわどい衣装と相場が決まっているからな！』と納得してくれたしな。天才エロ装備職人の腕前に期待だ。あと悪の組織じゃねーから！

んで、最後に俺はというと――、

「体内爆殺矢ドーンッ！　スキル【武装結界】オラァッ！　『滅びの暴走召喚』オラオラオラオラァッ！　死ねーッ！」

『グギャァアアアアーッ!?』

暗い洞窟の中、矢を射《う》ちまくり、スキルで剣や槍《やり》を飛ばしまくり、必殺アーツで使い魔たちを百体召喚し、敵モンスターたちを薙ぎ払っていった！

当然倒したモンスターどもは俺の上がり過ぎた幸運値により、ほぼ全て使い魔になっていく。

「ふぅ……もう何百体かは倒したかな」

いい加減に身体《からだ》も疲れてきたところで、俺は適当な岩の上に腰を下ろした。

とにかく狩りまくること。それがサモナーである俺の仕事だ。

ギルドの敷地内にはモンスターを９９９体まで配置できるっていうからな。だったらレベル上げも兼ねて、上限値いっぱいまでゲットしまくるだけだ。

また使い魔にしたモンスターたちをさらに強化するために、イベントポイントを消費してこんな限定スキルを覚えてみた。


サモナー限定スキル【魔の統率者】：戦闘に参加していない使い魔にも経験値が入るようになる。


数日前にこのスキルを知ったときは手を出そうか悩んでたんだけどな。限定スキルは三つしか覚えれないし、直接戦闘力が上がる効果じゃないから。

でもギルドを作り上げた今ならこれほど有用なスキルはない。コイツのおかげで戦えば戦うほど、使い魔が手に入る上に全体のレベルがどんどん上がっていくって寸法だ。

さらにギルドマスターの俺が経験値を獲得するとギルドに所属しているＮＰＣたちもレ

ベルアップしていくシステムらしいからな。まさに一石四鳥だ。その分頑張らなければ。

「よし、もうすぐレベル50だな。イベントまでどうにか到達できそうだ」

レベル40を超えてからすっかりレベル上げが難しくなってしまったが、そこは数をこなしてカバーだ。

というわけで、俺がハイレベルダンジョン『邪神教の洞窟』の奥に向かおうとした、その時。

「見つけたぞ、魔王ユーリよ。拙者と手合わせ願おうか」

重厚な男の声が背後から響き渡った。

次の瞬間、俺は迫りくる嫌な気配にバッとその場から飛び退《の》いた。すると一閃《いっせん》、俺が一秒前まで立っていた地面に剣線が刻み込まれる——！

「ほう、拙者の斬撃を避けたか。褒めてつかわそう」

「……不意打ちしといて偉そうなこと言ってんじゃねーよ、なんだお前は」

振り返ると、そこにはチャンバラ衣装のいかにも『武士』って感じの男が立っていた。

ヤツは眼光を鋭くしながら俺へと答える。

「拙者の名はザンソード。この世界において『最強』のプレイヤーだと自負している者だ」

「あぁん……!?」

この俺を差し置いて、勝手に最強を名乗るだと……!?

チャンバラ野郎の発言を前に、俺は弓を強く握り締める。

「ザンソード……あぁ、たしか前回のバトルロイヤルイベントでも活躍していた野郎か」

スキンヘッド曰く、六十四のギルドのまとめ役にもなったプレイヤーだ。

俺が参加した第一回目のバトルロイヤルでは見かけなかったが、まぁ用事があって途中から参加したのだろう。

「人を差し置いて最強宣言とは、腹は立つけどいい根性してるじゃねぇか。いいぜ、相手になってやるッ！」

漆黒の矢を手元に呼び出し弓につがえる。それを合図に、ヤツは一気に駆け出した！

「参るッ！」

着物をなびかせながら超高速で駆けてくるザンソード。そんなヤツに対し、俺はスキル【武装結界】を発動させた。

俺の周囲に合計十六の魔剣や魔槍《まそう》が浮かび上がり、ザンソード目掛けて射出される！

だが、

「アーツ発動、『居合一閃』『弧月烈閃《れつせん》』『斬空殲滅迅《せんめつじん》』！」

伊達《だて》にアイツは最強のプレイヤーを名乗ってはいなかった。手にした刃が超高速で振るわれるたび、キンキンキンッ！　という音を立てながら全ての武装が弾《はじ》き飛ばされていく。

それに加えて一切足は減速しない。アーツによって繰り出される強烈な斬撃を放ちながら、ザンソードは俺の目の前にまで距離を詰めた！

「貴様は覚えていないのだろうが、拙者は貴様に借りがある身だ。あの日の屈辱、晴らさせてもらうッ！」

って何のことだ!?

そう聞き返すよりも前に、超神速の刃が俺を袈裟《けさ》斬《ぎ》りに切り裂いた！

あまりの速さに傷口からパァッと一瞬遅れて血が飛び出る。

「がはっ!?」


スキル【執念】発動！　致命傷よりHP1で生存！


血を吐きながらも、食いしばりのスキルによって一度は耐えることが出来た。

だがザンソードもそれは予測済みだった模様。ヤツは無駄に貫禄《かんろく》のある顔に笑みを浮かべ、油断せずに追撃をかます――――！

「フッ、出たな【執念】！　しかし、アップデートにより五秒に一度しか発動しないことは把握している！　ゆえに、これで終わりだァアアアアッ！」

――必殺アーツ発動、『斬空閃裂破《せんれつは》』！

そう叫んだ瞬間、ヤツの振るった刃から『光の斬撃』が放たれた。

もはや剣術ではなくレーザーだ。それによって俺は斬り飛ばされ、壁際にまで叩《たた》き付けられた……！

これで決着。そう思い込んだザンソードはチャキンッと刃を鞘《さや》に納め、俺の死体に背を向ける。

「消え去る前に語ってやろう。……拙者は第一回目のバトルロイヤル時、貴様の使い魔が放った虐殺レーザーによって死んだ一人だ。

ああ、あんな屈辱は初めてだったとも。β時代からトップだった拙者が、その他大勢のプレイヤー共と一緒にめちゃくちゃ雑に殺されるとはな……！」

時代劇めいた口調が崩れた。よっぽど頭に来てたのだろう、声が怒りで震えている。

「ユーリよ。あの日から、頭の中は貴様のことでいっぱいだった。

ゆえに勝つために情報を仕入れ続けた。貴様の映っている動画を何度も再生し、さらには掲示板からまとめサイトまで、貴様についての噂話《うわさばなし》がありそうなところは全て巡回した……！

また本人からのインタビューがないかと写真集も買ったが、何もなくて残念だったぞ……」

いや知らねーよ！　つかお前も例の写真集買ってたのかよッ!?

微妙に肩を落とすザンソード。ヤツは歩き去りながら最後に言い放つ。

「だが、これであの日の屈辱は消え去った。あとは静かなる心で『ギルド大戦』の時を待つのみよ。

さらばだ魔王よ。次は貴様が怒りを燃やしながら、拙者にかかってくるがいい。フフフフ……」

――そんなことを言いながら去っていくアイツの背中に、俺は漆黒の矢を打ち放った！


「っ、なにィ!?」

弦の音で察知したのか、咄嗟《とっさ》に刃を振るって矢を弾き落とすザンソード。

良い反応だがもう遅い。すでに必要な距離は確保した。そもそもお前は、俺がまだ生きていることを察するべきだったのだ。

立ち上がった俺を見てチャンバラ野郎は瞠目《どうもく》する。

「死んでいないだと!?　貴様、情報では弱体化したはずでは……いやまさか、その妖艶なる衣装に一新した影響か!?」

「衣装についてはほっとけよ。……俺についての情報を集め続けたならわかるだろう？　クソ運営に弱らされたまま、泣き寝入りするような性格はしてないってなぁ！」

さぁ、今度はこっちが攻める番だ！

俺は再び【武装結界】を発動し、アイテムボックスに収まった二十一本の魔剣や魔槍を全射出する。

さらには指の間に複数本の矢を握り、ザンソードに向かって打ちまくった！

「ぬぉおおおおッ、負けるかァッ！　アーツ発動、『牙突瞬連迅』『弧月烈閃』『旋風一閃』！」

アーツによって攻撃を弾きながら再び接近してくるザンソード。

システムによるモーションアシストを受けて強烈な斬撃を放ちまくるが、徐々にその顔は焦りで曇っていった。

当たり前だよなぁ？

「魔法だろうが剣技だろうが、アーツを発動するには『MP』が必要だ。いつまでも乱発できるものじゃないだろ」

対してこちらが攻撃に使っている【武装結界】はスキルだ。『HPが一割以下の時』という発動条件さえ満たせば何の消費もなく使える。

俺は常にHPを1まで減らしているから、実質使い放題ってわけだ。

さらに、俺が持っているノーコストでの攻撃手段はこれだけじゃない！

「禁断召喚ッ！　現れろ、『キメラティック・ライトニングウルフ』ッ！」

『ワォオオオオオオンッ！』

俺の呼び声に応え、漆黒の魔法陣より雷を纏《まと》った狼《おおかみ》が現れた。

これがハイサモナーの固有能力、禁断召喚だ。十二体までの召喚制限とは別に、アイテムと融合させたキマイラモンスターを召喚できるのだ。

ライトニングウルフは地面を蹴り、一瞬にしてザンソードへと迫った！

「くっ、コイツはスキンヘッドを麻痺《まひ》させたモンスター!?」

「その通り。触れたら痺《しび》れる俺の愛犬だ！　そら、避けてみろよザンソード！」

とは言ってもここは洞窟。大狼《たいろう》から逃れることはほぼ不可能だろう。

さぁ、動きを封じてしまえばそれで終わりだ。今度は俺のほうが勝利を手にしかけた、その時。

「チィ……！　アーツ発動、『ファイヤー・エンチャント』！」

なんとヤツは、魔法系のアーツを使用してきたのだ！

激しい炎を噴き出す刀。ザンソードはそれを振るってライトニングウルフを一瞬で斬り裂いたのだった。

刃に魔法を纏わせたせいかヤツに麻痺した様子はない。だがその表情は苦々しいものとなっていた。

「まさか、イベント前にセカンドジョブを晒《さら》してしまうことになるとはな……」

「セカンドジョブだと？」

「知らんのか？　50レベルを超えたプレイヤーは、新たにもう一つのジョブを選べるようになるのだ。拙者が選択したのは『エンチャンター』。武器に様々な効果を宿らせる魔法職だ」

なるほど、それで侍なのに魔法が使えたってことか。いわゆる『魔法剣士』ってやつだな。

つーか俺の情報を集めまくりながらレベル50に到達してるとか、コイツ一日にどんだけゲームしまくってんだよ……あっ。

「そ、そうか、なるほどな……うん……」

「ってなんだその微妙に優しい表情はッ!? えぇいやめろやめろっ、人のリアルを勝手に想像するのはやめろッ!」

叫び散らしながら刀を構えなおすザンソード。炎刀の熱に空気が揺らぐ。

「ちっ……拙者としたことが、とんだ失態だ。あのまま負けておけばよかったというに……」

奥歯を噛《か》み締めるザンソード。自身の失態を深く恥じているようだ。

しかし、俺は決して馬鹿にはしない。

「たしかに、策士としては大失敗だな。だが、『漢《おとこ》』としちゃあ大正解だろ？」

彼へとフッと笑いかける。

「恥ずかしがるなよザンソード。俺だって、スキル【執念】が復活したことを見せちまったんだ。負けたまま死体のフリをしてやり過ごす手もあったんだが、そんなのは臆病者のすることだろう？

——俺もお前も、負けん気だけは『最強』だったってだけだ。だからそんなにくよくよすんなよ」

「っ……ユーリよ、お前……」

「さぁ、やろうぜザンソード。お互いに全部をさらけ出した上での、真剣勝負を！」

周囲にポン太郎と無数の武装召喚陣を出現させながら、俺は弓を強く握った。

それを見てザンソードも再び表情を引き締める。

ヤツも俺と同じく、微笑を浮かべながら刀を構えた。

「フッ……いいだろう！　いざ決着をつけようぞッ！」

「ああ、ギルド大戦の前祝だ！　大将同士、パァッと盛大に殺し合おうぜ！」

笑い合いながら、俺たちは共に行動に移った。

遠距離攻撃に特化した俺と近距離攻撃を極めた男とのぶつかり合いだ。

剣を、槍《やり》を、斧《おの》を、そして矢を射出する俺に対し、ヤツは燃える刀一本で走り寄ってくる。

「うぉおおおおおおおおおおおおおおおおおーーーーーーーーーーーーッ！」

雄叫《おたけ》びを上げながら攻撃を弾いていくザンソード。MPが尽きたことでアーツを使えなくなってしまったようだが、まったく怯《ひる》んだ様子はなかった。

身体《からだ》中を武装の雨で傷付けられながらも、ザンソードは猛烈な勢いで突き進んでくる！

そうしてついに、俺の眼前に刀を突きつけたところで……、

「――ぐぅ……無念……ッ！」

ヤツはだらりと腕を下げ、壊れた人形のように倒れるのだった。数多《あまた》の裂傷を受け、つ

いにHPが尽き果てたのだ。

そんな男の身体を抱き留め、俺は健闘を称《たた》えて背中を叩いた。

「楽しかったぜ、ザンソード。『最強』の称号の取り合いは、四日後のイベントでやることにしよう」

「あぁ……次は負けんぞ、魔王ユーリよ……！」

粒子となって消えていくザンソード。

かくしてヤツに勝利した瞬間、俺のレベルは50に達したのだった。

第二十一話　真最弱職・クラフトメイカー！

　ザンソードに勝利した後、俺はヘルヘイムの街に戻ってきていた。

　その途中でスカウトを終えて帰ってきたシルと再会したので、二人でぶらりと街を歩く。

「へ～、それでもう50レベルになっちゃったわけ？　アタシはアンタからもらった激レア大剣を振り回しても、まだ30そこらだってのにぃ……！」

「まぁ油断は出来ないけどな。ザンソードみたいに、俺よりもレベルが高いプレイヤーはほんの一握りだけどいるみたいだし」

「あー……そりゃあまぁどのゲームにもいるわよね、無職――ああいや、時間のたっぷりある人は……」

　微妙な表情をするシル子さん。

　その辺については仕方がないな。代わりにこっちには資金力がたっぷりとあるんだから、それを活《い》かしていくことにしよう。

　修練場の前に辿《たど》り着いたところで彼女と別れることにする。

「じゃあね魔王様。アタシも装備を一新したいし、アンタがスカウトしてきたグリムって子のところに向かうとするわ。

　あとはそうねぇ、連れてきた傭兵《ようへい》ＮＰＣたちに街を案内してあげようかしら。アイツらモンスターがそこら中にいることを警戒して、すぐに居住区に向かっちゃったみたいだから」

「ははっ、ここはそういう街だからな。傭兵どもの指揮権は全部シルに任せるから、イベントまでに仲良くなっておいてくれ」

「了解っと」

ひらひらと手を振りながら、シルは殺人イモムシや人食い虎が徘徊《はいかい》する雑踏の中に紛れていった。

途中で「お疲れ様です、シル子のアネキィッ！」と挨拶してくる（なぜかモヒカンになった）サモナーNPCたちと自然に言葉を交わしているのを見るに、彼女もすっかりこの街の空気に馴染《なじ》んだようだ。よかったよかった。

サブマスターの姿に一安心した後、俺は『セカンドジョブ』を決めるために修練場の中に向かって行った。

◆　◇　◆

『キシャー！』『キシャシャッ、キシャー！』『キシャ～！』

だだっぴろい修練場の中、追いかけっこをするポン太郎とポン次郎とポン三郎とポン四郎とポン五郎とポン六郎とポン七郎とポン八郎とポン九郎とポン十郎とポン十一郎たちを微笑《ほほえ》ましく見ながら、俺は腰を下ろしてメニュー画面を開いていた。

セカンドジョブを習得するという項目を押すと、ずらりといくつもの職業リストが現れる。

「さーて、どれにするかなー」

候補となるのはザンソードと同じ『エンチャンター』だな。武器に魔法属性を宿して威力アップってのは、単純だけど一番安定する道だ。

次に候補となるのは『アーチャー』かな。弓を持つ者の正規職で、セカンドジョブにこれを選べば様々な弓系アーツが使えるようになるはずだ。

飛ばした矢を分身させるようなアーツとポン太郎たちの分身能力を合わせれば、クソ運営に減らされてしまった分身数を補うことが出来るだろう。矢の雨を再び降らせることも可能かもしれない。

だけど、それじゃあちょっとつまらないよなぁ？

そう思った俺が頼ったのは、長い付き合いになる『ブレスキ攻略サイト』だった。俺を騙《だま》してくれたこのサイトだが、有用性はハンパない。

メニュー画面から外部インターネットに接続する機能を使い、『最強ジョブランキング』というページを見ていく。

「ふむふむ、上位陣は剣士や槍使いみたいなオーソドックスなやつばかりか。スキンヘッドが選んでる『グラップラー』系は、安定性が低いから下のほうにあるな」

コメント欄には『魔王と凄《すご》いバトルをしてたから選んでみたけど、なんだよこれ。ステータス強化するためにHP削りまくってすぐ死んじゃうじゃねーか』と愚痴のような言葉がいくつか書かれていた。

まぁ仕方がない。スキンヘッドみたいな戦い方が上手《うま》いヤツだからこそ使いこなせる上級者向けのジョブってことだろう。

ちなみにアーチャーのジョブも、矢の命中率問題がどうにかなっていないせいでまだ下のほうにあった。

俺の場合は、『サモナー』のジョブスキルで憑依《ひょうい》モンスターを仲間にしたからこそどうにかなっただけだからな。まっ、気合と根性さえあれば正規の弓使いたちもそのうち解決策を見出《みいだ》すことだろう。

「お、俺が暴れ回ったおかげかサモナーはかなり上がってるなぁ。まぁ中の下くらいの位置だけど、最弱扱いだった頃よりマシか。じゃあ今の最底辺にはどんなジョブが……おっ？」

スクロールして見ていくと、ジョブランキングのラストには『クラフトメイカー』というものがあった。

ただし名前の横に注意書きとして、『いわゆる職人ジョブ。様々なアイテムの製造が出来るようになる。戦闘には関係ない職業であるため、最強ランキングには実質含まないものとする』と記されていた。

コメント欄にも、

『戦闘用アーツ、まさかのゼロ。例外扱いで議論の余地なし』

『もはや弱いってレベルですらない。完全に戦えないんだから、ザコ扱いするのは可哀《かわい》想《そう》』

『フィールドで素材を取っているのを見かけたら、優しく声をかけて守ってあげよう。モンスターに襲われたらどうせすぐ死んじゃうからね』

などなど、気を遣いすぎて逆に失礼なんじゃと思う言葉が多数寄せられていた。

「あ〜、フランソワーズやグリムが選んでるのはこれか。一応サモナーよりもさらに弱いジョブがあったんだな」

ただし注意書きの通り、生産職に戦闘力を求めるのは間違っているだろう。アイテムを作ってくれる職人プレイヤーを馬鹿にするわけにもいかないので、実質的な最弱ジョブはサモナーとされていたわけか。

「う〜ん。ソロプレイヤーならバトルも生産も出来たら便利だろうけど、俺にはグリムがいるからなぁ。セカンドジョブ候補からこれはポイだな」

とはいっても、ギルドマスターとして仲間のジョブ性能を把握しておいたほうがいいかもしれない。

そんなことを思いながら『クラフトメイカー』の説明ページを見た瞬間、俺は大声を上げることになる。

「なっ……なんだこりゃー!? この職業、俺と相性ピッタリなんじゃないか!?」

思わぬ発見に驚愕《きょうがく》する。クラフトメイカーの説明ページにはこう書かれていた。

『クラフトメイカー』
このジョブを選んだものは、以下の固有能力を獲得する。
【生産】：アイテム・装備の合成・強化・製造が行えるようになる。またその際、完成度によって経験値も手に入る。
【運搬】：アイテムを持ち運べる数が、50から200にアップする。
【転送】：アップデートで追加された新ジョブスキル。ギルドに所属しているクラフトメイカーのみが使用可能。
アイテムボックスがいっぱいになった時、手に入れたアイテムがギルドの保管庫に自動転送される。

この二つ目の【運搬】という固有能力、これが大変すばらしい！

以前から武器を射出しまくるスキル【武装結界】を使う時、一度にもっと武器を飛ばせればな〜と考えていたんだ。

スキル【武装結界】で出した武器は三秒でアイテムボックスに戻るから弾切れの心配はないんだが、持ち運べるアイテムは五十個までだから、せいぜい二十個くらいしか武器を持っておけなかった。ＭＰ回復アイテムや、素材を手に入れるための枠も確保しておかないといけないからな。

それに矢の一本一本がアイテムボックスを圧迫していたため、そりゃあもうキツキツだったさ。これもまた弓矢が最弱武器扱いされる原因の一つだろう。

だがしかし、この【運搬】の固有能力と、溢《あふ》れた素材をギルドに送り付ける【転送】の固有能力があれば、そんな悩みはもう必要ない！

俺はセカンドジョブとして、最強ランキングからはもはや別枠扱いされている真・最弱ジョブ、『クラフトメイカー』を選択した！

「よーしっ、さっそく試してやるかーーーーッ！」

俺は立ち上がって弓を構えた。思わぬ発見から手に入れてしまった超戦闘力、一刻も早く試さなければ！

期待に胸を弾ませながら、修練場に搭載された『倒したことのあるボスを再召喚する機能』を発動させる。

「現れろ、訓練用ギガンティック・ドラゴンプラントーーーーーッ！」

『グガァアアアアアアアアアアーーーーーッ！』

俺の叫びに応え、地面から百メートル級の超巨大怪獣、ギガンティック・ドラゴンプラントが姿を現した！

倒しても経験値の入らないニセモノだが、見た目と性能だけは本物だ。50レベルに達した今でも、かなりの苦戦を強いられるはずだろう。

だが、

「ギルドシステム発動。アイテム保管庫より、百の武器を俺の下へ！」

ここでアップデートにより追加された特殊機能を発動させる。

ギルドに所属している者は、その敷地内にいる限り、保管庫からアイテムを自由に出し入れできるのだ。

それによって俺は急増したアイテム所持可能枠へと剣や槍《やり》を山ほど詰め込んだ。

『グガァアアアアーーーーッ！』

そんな俺に対し、ギガンティック・ドラゴンプラントが動き出す。

何十もの触手を放ち、こちらを絞め殺さんとしてくるが――、

「スキル発動！　【武装結界】、フルオープンッ！」

もはや数十本程度の触手では、俺を止められるわけがない。

叫んだ瞬間、俺の背後に無数の召喚陣が現れる。それは二十、四十、六十、八十を超え、ついに『百三十』もの数となって、魔力の光を輝き放った。

俺は後光に照らされながら、ギガンティック・ドラゴンプラントへと告げる。

「悪いな、訓練用ギガ太郎。実験台として死んでくれ――ッ！」

そして放たれる武装の嵐。

収集してきた数多《あまた》の剣が、槍が、斧《おの》が、鎌が、槌《つち》が、植物龍の巨体目掛けて射出されていった。

『グギガァアアアアアーーーーッ!?』

圧倒的すぎる暴力を前に、訓練用ギガ太郎は絶叫を張り上げた。

触手によって身を守ろうとしたが無駄だ。俺の極振りした幸運値により、投擲《とうてき》した全ての武装が特殊効果を発動。

炎剣に焼かれ、氷槍《ひょうそう》に凍らされ、その他さまざまな武器によってありとあらゆる状態異常を引き起こされ、植物龍は一瞬にしてそのＨＰを吹き飛ばされたのだった……！

「――よっしゃぁッ！　何が例外だよっ、強いじゃないかクラフトメイカーッ！」

確かな手ごたえにグっと拳を握り締めた。

あの強力な巨大ボスを、わずか数秒で一方的に倒してしまったのである。他のジョブを選んでいたら絶対にこうは行かなかっただろう。

さぁ、イベントの時に見せてやろう！

俺の新たなる不遇要素、『生産職』の恐ろしい力をなぁーーー！

・全生産職プレイヤー「え、そんな力の使い方知らないんですけど……！」

◆
◇
◆

「なっ、何なのよこれー!?」

セカンドジョブのテストも終えたことだし、シルの装備はどうなってるかな～とグリムの屋敷に訪問した時だ。

豪奢《ごうしゃ》な居間にてシルのやつが騒いでいた。その恰好《かっこう》は……おぉ、絶妙に恥ずかしいことになってるなー！

元々小柄でスマートな身体《からだ》に姫騎士みたいな衣装の彼女だが、いまや布面積が盛大に減っていた。

そう、なんというかラノベの姫騎士からエロゲの姫騎士になった感じだな！

しかもデザインにちょっとしたダーク感まであるせいか、まるで『囚《とら》われて脱がされた後、「裸が嫌ならこれを着ろ」と卑劣なダークエルフから贈られたドレス』って感じだ。

そんな経緯まで連想させるなんて、流石《さすが》は天才エロ職人のグリムだぜ！　まだいやらしいゲームなんて知らない年齢だろうに、歪《ゆが》んだ才能に溢れすぎている……！　本当にとんでもない逸材を発掘してしまったもんだ。

俺は「おぉ魔王殿、今この女に装備を渡したところだ！　では私はNPCたちの装備も調整しに行って来るぞー！」と飛び出していくグリム先生に、グッと親指を立てたのだった。流石はエロ装備先生、グッジョブです！

さてさて、モデルのほうも褒めないとな。

「よぉシル、新しいドレスも似合ってるぞ」

「ッ、アンタの指示ね!?　こんな恰好をさせてアタシをどうするつもり!?」

顔を赤くしてこちらを睨《にら》みつけてくるシル。

……なんというか、コイツの言動もエロゲの姫騎士みたいに感じられるようになったな。やっぱり衣装の効果ってすごいんだなぁ。

「いやすまん。俺もこんな姿になっちまったから、お前も同じく染めてやろうかなぁと」

「って闇堕《やみお》ちしたヒロインみたいな見た目で闇堕ちしたヒロインみたいなこと言ってんじゃないわよッ!?

はぁ～……まぁ性能は良いからいいんだけどさぁ。それに……恥ずかしくはあるけど、その、エロ可愛《かわい》いって言うか……！」

そう言って頬を赤らめつつも、シルはちらちらと自分の衣装を見下ろしたのだった。

うん、気に入ってくれると思ってたわ。俺は知ってるぞ、お前が一人で俺の写真集（しかもドラゴンプラントの触手に縛られてるシーン）を見ながら、「うわぁうわぁ……！」と興奮の声を漏らしていたことを。

ギルドマスターの権限で、他のギルドメンバーが何をしているか見れる力を試してみたら、そんな場面に出くわしちまったんだからビックリだ。

俺は仲間へと優しく微笑《ほほえ》む。

「シル……たとえお前がエロい子でも、俺は全然オッケーだからな！」

「なななっ!?　な、何言ってるのよアンタは！　アッ、アタシがエロい子なわけないじゃないバカァーッ！」

焦った声色でまくしたてながら、「レ、レベル上げに行ってくるわっ！」と逃げるように飛び出していくシル子さんなのだった。

第二十二話 決戦、『クトゥルフ・レプリカ』！

エロい子のシル子をいじった後に向かった場所は、ザンソードとやり合ったハイレベルダンジョン『邪神教の洞窟』だった。

実はあの後、ボスモンスターのいるだろう扉の前にまで行ったんだけど開かなかったんだよなぁ。

たしか扉にはこう書いてあった。

『邪神様の脅威を世界に広めるべく、我らは邪神様の姿を模した生物兵器を造り上げた。地脈に寄生し全てを喰《く》らう、絶対無敵の存在だ。

しかし奴《やつ》は暴走し、邪神教は瞬く間に崩壊。我らは最後の力を振り絞り、この地に奴を封印した。

憎き暴走兵器だが、壊すにはあまりにも惜しい存在である。あれは邪神教の技術の結晶だ。

ゆえに奴を屈服させられる力を持つ者と、奴の身体より我らが技術を体得できる者にのみ、この扉を開けることを許してやろう』――と。

……ようは兵器を暴走させて死にかけただけのバカのくせに、文面が仰々しい上に初対面の俺に対して「許してやろう」とか上から目線で言ってるところがムカツクから扉に攻撃しまくったが開かなかった。残念。

まぁ文字通り封印がかけられているという設定なのだろう。

イベント直前で謎解きなんてしてる時間もなかったので撤退することにしたが、セカンドジョブを獲得したことで思いついた。

もしかして扉に書いてあった『奴を屈服させられる力を持つ者と、奴の身体より我らが技術を体得できる者』っていうのは、【調教】の固有能力を持つ『サモナー』と技術職の『クラフトメイカー』のことなんじゃないかと。

「ゲームじゃよくある縛り条件ってやつだよなぁ。この先に行くには、このジョブを持ったヤツを絶対にパーティーに入れておかないといけませんって」

再び扉の前に立ちながら呟《つぶや》いた。

俺の予想が正しければ、サモナーとクラフトメイカーのいるパーティーだったら扉は開くはずだ。

まぁ俺が一人で二つを持っちゃってるから、ちゃんと別々じゃないとダメですって言われたらそれまでなんだがな。

「さてどうなるかっと」

巨大な扉にそっと触れる。するとポーンッという音を立て、

・条件達成：サモナー系ジョブとクラフトメイカー系ジョブの存在を確認。
これより地脈憑《ひょうい》依型巨大ボスモンスター、『禁断邪竜クトゥルフ・レプリカ』の封印を解除します。


というメッセージが表示された。

そして開かれる封印の扉。その奥からは果実の腐敗したような狂った臭いが押し寄せてきて、俺の全身を包み込んでいく。

空気でわかる……間違いなくこれまでで最強クラスの相手だ。だが、だからこそ燃えるってもんだろう！

「よし……やってやるかぁッ！」

俺は弓を握り締め、扉の奥へと飛び込んでいった。

◆
◇
◆

扉を抜けた先に広がっていたのは、どこまでも広大な円形状の空洞だった。

空気中には青い光を放つ粒子が溢《あふ》れ、洞窟の中だというのにとても明るい。

その幻想的な光景に魅了されてしまいそうになった瞬間――、

『ギシャアアアアアーーーーーーーーーーッ！』


地獄のような咆哮《ほうこう》が、大地の底から響き渡った……！

そして出現する禁断邪竜。まるで大地が水飴《みずあめ》のように変形し、ブクブクブクブクッと膨張して、タコのような巨体が姿を現したのである。その膨れ上がった身体の中心部が裂け、黄色く濁った目玉が俺を睨みつけた。

さらにタコの身体から伸びていく九本の触手。それらの先端は竜の頭のようになっており、凶悪な乱杭歯《らんぐいば》をギラリと覗《のぞ》かせていた。

これが禁断邪竜クトゥルフ・レプリカか。

その姿だけでも圧倒的かつ恐ろしいモノだが、脅威なのはそれだけではない。

「ははっ……地脈憑依型とはよく言ったもんだ」

目の前に広がった光景に俺は苦笑するしかなかった。

気付いた時には、壁にも、天井にも、足元にも、ビッシリと何千個もの目玉が出現し、一斉に俺へと視線を向けてきたのだ。

まるで『どこに逃げても無駄だぞ。必ずお前を喰い殺してやる』と言っているかのように。

――そんな思いを感じ取り、俺は足元にあった目玉をグチュッと足で踏みつけた。

「ハッ、舐《な》めんなよクトゥルフ・レプリカ！　勝つのは俺だッ！」

いいじゃないか、地脈憑依型モンスター！　気に入った！

コイツを街そのものに憑依させてやれば、防衛機能は格段に跳ね上がることだろう。次のイベントで活躍すること間違いなしだ。

挑戦者たちを全部倒してイベントポイントを総取りし、運営の連中を泣かせてくれるわッ！

そうしてやる気も漲《みなぎ》ってきた時だ。ポーンという音を立て、目の前にメッセージが表示される。

・地脈憑依型ボスモンスターは非常に強力な相手です。
HPをゼロにするほか、その猛攻を20分耐えしのげばプレイヤーの勝利とします。

倒したのではなく再び眠りについたという判定になりますが、経験値とアイテムは手に入ります。

なるほどなるほど。救済条件のつもりだろうが、俺にとっては余計なお世話だな。逃げ回って惨めに勝つつもりなんて微塵《みじん》もない。男だったら派手にぶっ飛ばすのみだろうがよ！

俺は背後より無数の召喚陣を出現させ、クトゥルフ・レプリカを睨み付ける。

「さぁ、やろうぜクトゥルフ！　お前を必ず屈服させてやる！」

『ギギャァァアアアアーーーーーーーッ！』

俺の言葉にヤツは怒りの咆哮を上げ、ここに戦いは始まった。

脅威となるのは目の前の巨体だけではない。壁や天井が変形し、全方位から一斉に『牙』となって向かってきたのである！

まさに物量の暴力だ。それに対し、俺も同じく物量で応える！

「スキル発動！【武装結界】フルバースト！」

そして放たれる武装の嵐。百を超える宝剣や魔槍《まそう》が迫ってきていた牙を打ち砕き、俺を脅威から守ってくれる。

さらに出し惜しみなんてするつもりはない！　俺は背後に巨大召喚陣を出現させ、アイツの名前を吼《ほ》え叫ぶ！

「さぁ、怪獣バトルと行こうぜぇ！　現れろ、ギガンティック・ドラゴンプラントーーーーッ！」

『グガァァアアアアアーーーッ！』

呼び声に応え、クトゥルフを見下ろすほどの巨体が姿を現した。俺の自慢の植物龍だ。

七つの巨大な花弁を広げ、灼熱《しゃくねつ》の光を集束させるドラゴンプラント。それに対してクトゥルフは唸《うな》り声《ごえ》をあげると、九つの口をバックリと開いて、闇色の魔力を集束させる。

かくして次の瞬間放たれる、白き熱線と黒き波動。

その二つが轟音《ごうおん》を立ててぶつかり合い、洞窟一帯に大地震を巻き起こした――！

『グガガ～～～ッ！』

『ギシャーーーーーッ！』

咆哮を上げる二体の龍と、空洞内でぶつかり合う二つの放射光。

どちらもボスモンスターなだけあって、威力はほぼ互角なようだ。

ならばっ、

「いくぞギガ太郎！　強化系アーツ発動、『ハイパーマジックバースト』！」

『グガァーーーーーーーッ！』

サモナーである俺の支援を受け、ギガンティック・ドラゴンプラントの魔力値が三倍にまで跳ね上がった！

それによって威力を高める熱光線。白き輝きはクトゥルフの放つ黒き波動を突き破り、そのタコのような身体《からだ》を包み込んでいく！

『ギギャギィイイイッ!?』

ジュゥウウウッと音を立てながら焼けただれていくクトゥルフ・レプリカ。全身は赤く発熱し、まさに茹《ゆ》でダコのようになっていた。

「どうだ効いただろう？　ギガ太郎のレーザーには、受けた場所を『灼熱地帯』に変える効果があるからな。地脈憑依型モンスターであるお前にとっては、身体を沸騰させられるようなものだ」

予想が当たって何よりだ。

普通のモンスターだったら灼熱地帯と化した場所から退避すればいいだけだが、コイツの場合はそういうわけにはいかないだろう？　フィールドそのものを肉体としているんだからな。それが地脈憑依型の弱点だ。

さぁ、一気に畳みかけてやる！　俺は時間制限により消えていくギガ太郎に礼を言いながら、悶《もだ》え苦しんでいるクトゥルフへと接近していく！

『グギグゥウーーーーッ！』

迫りくる俺を警戒し、九つの首を鞭《むち》のように振り回すクトゥルフ。さらには地面からも足元からも牙を生やし、俺を抹殺せんとしていた。

だが、

「いこうぜマーくん！　モンスタースキル、【瞬動】発動！」

『――――！』

俺の意志に応え、ブーツに宿ったボスモンスター・アーマーナイトがその力を発揮する。

ブーツ全体から闇の魔力が噴出し、駆ける速度を何倍にも高めた！

それによって足元より突き出してくる牙を置き去りにし、さらに鞭のように振るわれる首を易々《やすやす》と掻《か》い潜《くぐ》っていく。そんな俺にクトゥルフは困惑の眼差《まなざ》しを向けてきた。

『グッ、グギガァ……ッ!?』

「弱点その2だクトゥルフ。お前の攻撃はおおざっぱすぎる」

フィールドを肉体としているだけあって攻撃範囲は驚異的だ。どこにだって牙を生やせるし、太い首による薙《な》ぎ払いも厄介そのもの。数を揃《そろ》えただけのパーティーでは一瞬で全滅してしまうことだろう。

だがその分、精密さとキレに欠いていた。

まず壁や足元から牙を生やす攻撃は、速度さえあれば回避できるのだ。地面を牙に変えて突き出すまでにわずかなタイムラグがあるからな。それが不定形の肉体の欠点だ。

「変幻自在と言えば聞こえはいいが、『変形』するために攻撃が1テンポ遅れるんだよ。そして首を振るってくる攻撃は、近づいてしまえばどうということはない」

鞭のように薙いでくるということは、弱点も鞭と同じなわけだ。すなわち、速くて鋭いのは先端だけで、根元にいくほどしなりはなくなる。

そうなれば対処は簡単だ。

「あとは見切って避けるだけってなぁ！　まぁそれでも当たったら死ぬが、いつものことだから問題なしだ！」

凶悪な攻撃を避けて避けて避けまくり、ついにクトゥルフの眼前へと迫った。俺は弓をそのへんに捨てると、両手に十一本の漆黒の矢を顕現させる。

「気合入れろよポン太郎たちッ！　強化系アーツ発動、『ハイパワーバースト』ォ！」

『キシャシャーーーーッ！』

その瞬間、矢から放たれる漆黒の光が爆発的に増大した――！

そして振るわれる矢による斬撃。切れ味を増した鏃《やじり》によって、クトゥルフの眼球へと十字の傷を刻み込んだ！


スキル【ジェノサイドキリング】発動！　ダメージ二倍ッ！

スキル【致命の一撃】発動！　ダメージ二倍ッ！

スキル【アブソリュートゼロ】発動！　ダメージ二倍ッ！

クリティカルヒット！　弱点箇所への攻撃により、ダメージ三倍ッ！

スキル【非情なる死神】発動！　クリティカルダメージさらに三割アップ！


『ギギャギィイイイイイイッ!?』

ここで幸運値極振りの効果発動だ。低確率でしか発動しないはずのダメージアップ系スキルを無理やり全部起動させて、クトゥルフ・レプリカに激痛を与える。

まぁアップデートによって一発のダメージ増加率は十倍までになっちまったが、それでも矢の数は十一本だ。

一本一本にそれぞれ適用されるダメージアップ判定。それにより、クトゥルフは『百十発』分のダメージを受けて絶叫を張り上げた。

「終わらせてやるッ！」

さぁ、このまま切り刻んでやろうと再び矢を構えた時だ。クトゥルフ・レプリカの身体に変化が起こった。

『グ、ギッ、ガァアアアアアーーーーーーーーッ！』

「っ!?」

ヤツの身体が破裂したのだ！　間近にいた俺は当然避けることも出来ず、その風圧により吹き飛ばされた。

衝撃自体は大したものじゃなかったが、俺のＨＰは所詮1だ。一瞬にしてゼロになるところだが、

スキル【執念】発動！　ＨＰ1で生存！

「っと、あぶねーっ!? 流石《さすが》に破裂するとは思ってなかったぞ……!」

ズザザッと地面を後退させられながら、食いしばりに成功したことに安堵《あんど》する。

そうして再びクトゥルフ・レプリカを睨《にら》み付けようとしたが、なんとヤツの姿は消え失《う》せていた。

まさか先ほどの爆発で死んでしまったのかと思った瞬間、

『ギギャァアアーーーーーーーーッ!』


けたたましい咆哮《ほうこう》が俺の頭上から響き渡った!

咄嗟《とっさ》に上を見れば、なんとクトゥルフのヤツがシャンデリアのように天井から生えていたのだ。

身体はどことなく小さくなっているようだが、それでも人間よりは何十倍もデカい。ヤツは九つの口をバラバラに変化させると、粘液を帯びた何百本もの『舌』に変え、俺に向かって放ってきた!

「っ、地脈憑《ひょうい》依型の本領発揮か……! どこからでも肉体を再構築できる上、攻撃方法も自由自在かよ!」

九本の首が避けられるなら何百本もの舌で絡めとってやればいいってか? シンプルだ

がこの上ない解決策だ。

だが、そう簡単に捕まってやるかよ！　スキル【武装結界】を発動し、宝剣や魔槍を放って迫りくる舌を切断していく。

もちろん常に移動することも忘れない。立ち止まろうものなら、地面から生えてくる牙に刺されて串刺しだ。本当にいやらしいことこの上ないな！

俺はまだなんとかなってるが、他のサモナーやクラフトメイカーはこの状況をどう突破するのだろうか。ボスに挑むためにはその二つのジョブを持ったプレイヤーが必要になるようだが、ハンパなヤツなら一瞬で死にそうだ。運営のことだから絶対に適当に作っただろうこれ……！

俺はボスの攻撃を凌《しの》ぎながら考える。

「さてどうするかな。二十分間、ただ生き残るだけなら簡単だ。攻撃を撃ち墜《お》としながら走り回ればどうにかなる」

だが、倒すとなると難しくなる。

全体攻撃の嵐を超えてダメージを与えても、また肉体を破裂させてどこかに逃げられるのがオチだ。

しかも舌を増やして接近されづらくしてきたように、肉体を変化させてどんどん弱点をなくしていってしまう。

そうして深く考えること五秒――よし、攻略法は出来上がった。じゃあさっそく殺すとしますか！

俺は逃げるのをやめると、勢いよく助走をつけてクトゥルフへと飛び上がっていった。

その行動に驚くクトゥルフ。だがそれも一瞬のことで、ヤツは瞳をニタリと歪《ゆが》ませる。

ヤケクソになったとでも思いこんだのだろう。

『ギギャヒィイイーーーーッ！』

そうして放たれる何百本もの舌の群れ。粘液を帯びたそれらは俺の身体に巻き付いていき、瞬く間に行動を封じ込めた。

「くぅう……ッ!?」

『ギギャギャギャッ！』

息を漏らした俺の姿に、クトゥルフは喜びの声を上げる。

さぁ、こうなればあとは簡単だ。『舌』で絡めとったなら、あとは獲物を食すのみだろう。

クトゥルフ・レプリカはタコのような頭部をばっくりと開け、何億本もの乱杭歯《らんぐいば》が生えた地獄のような口内を俺に見せつけてきた。

なるほど、【執念】対策として肉体を変化させた結果がコレか。予想はしてたが恐ろしいな。

あの口の中で咀嚼《そしゃく》されたらもうお終《しま》いだ。【執念】による食いしばりは所詮低確率で発動するもの……何億もの攻撃判定なんて全部無効化できるわけがない。

黙り込む俺に禁断邪竜は勝利の雄叫《おたけ》びを上げる。

『ギシャーーーーーッ！』

ついに訪れる最後の時。

余計な行動をさせる暇など与えないとばかりに、ヤツは一瞬にして自分の舌ごと俺を口内に引きずり込んだ！

かくして、全方位から歯が迫ってくる――その瞬間。

「喰《く》えるものなら、喰ってみやがれーーーーーーッ！　必殺アーツ発動、『滅びの暴走召喚』！」

俺の周囲に出現した『百の召喚陣』が、クトゥルフの体内より光を放った――！

そして現れるモンスターたち！　全身から棘《とげ》を生やした巨大昆虫『ジェノサイド・ビートル』が、十メートル以上の巨体と灼熱《しゃくねつ》の身体《からだ》を誇る溶岩巨人『ラヴァ・ギガンテス』が、全身が酸と毒液で出来た凶悪粘体『ヴェノムキリング・スライム』が、その他ここ数日の間に捕まえてきた高レベルモンスターたちが、クトゥルフ・レプリカの体内で一斉召喚される！

『ギギャヒィィイイイイイイイイッッッ!?』

それによって大絶叫を上げる禁断邪竜。内部からは見えないものの、ヤツの身体は風船のようにパンパンに膨らんでいることだろう。

ちなみに俺は全然余裕だ。ペチャンコにならないよう、頼もしい仲間が守ってくれてるからな。

「ありがとうな、マシンゴブ太郎」

『グゴォーッ！　ゴシュジン、マモル！』

ゴブリンキングの肉と古代機械を融合させて産み出した鋼の巨人、『キメラティック・マシンゴブリン』に俺は抱かれていた。

どうだクトゥルフ？　いくらお前が変幻自在だろうが、中心核となる身体の中をいきなりモンスターの群れで埋め尽くされたら苦しいだろう。

当然お前は破裂して逃げようとするだろうが、

「モンスターたちよ！　好き放題に暴れ回れーーーーーーーッ！」

『『『グガァァアアーーーーーーー』』』

俺の命令に応え、百体ものモンスターがクトゥルフの体内で暴虐を繰り広げる！

何発もの攻撃同士がぶつかり合ったりもするが、その衝撃を一番受けるのはクトゥルフだ。胃の中で鉄球がぶつかってるようなもんだからなぁ。

柔らかな粘膜はズタズタに裂けていき、体内は鮮血と肉片と狂喜乱舞するモンスターたちの咆哮で満たされていく。

これが破裂して逃げることへの対策だった。

ある程度追い詰めたら破裂してしまうのだったら、一瞬にしてＨＰを削り切ってしまえばいいだけだ。

さぁ、たっぷりと味わえよクトゥルフ・レプリカ！　矢を百本ほどチクチクと刺したダメージなんかじゃないぞ。

全てがクリティカルポイントな体内で、凶悪な高レベルモンスターたちによる攻撃を一つ残らず食らいやがれッ！

『ギヒィイイイイイイーーーーーーッ!?』

洞窟内に響く絶叫。もはや破裂するまでもなく、禁断邪竜はその肉体を肉片へと変えられていった。

そしてついに、ヤツの身体がパァァァァァァンッと音を立てて弾《はじ》け飛び……！


おめでとうございます！　ハイレベルダンジョンボス：禁断邪竜クトゥルフ・レプリカのソロ討伐に成功しましたッ！

ユーリとポン太郎たちは大量の経験値を手に入れた！

地脈憑依型ボスモンスター『禁断邪竜クトゥルフ・レプリカ』が仲間になりました！
※地脈憑依型モンスターは、所有している土地に一体だけ憑依させることが出来ます。
このとき召喚枠は消費しません。レベルはプレイヤー自身と同等になります。

「いよっしゃーーーッ！　ギルドの守護神、ゲットだぜー！」

俺は地面に投げ出されながらガッツポーズを取った！

クトゥルフの力があれば百人力だ。どんな相手がギルド内に侵入したって、９９９体の配置モンスターとコイツがいれば排除できる！　これで守りは完璧だ！

つまり、敵のギルドを殲滅《せんめつ》することだけに集中できるようになるってことだな！

俺は近づいてくるギルド大戦を前に、ワクワクと胸を高鳴らせるのだった。

【ギルドバトルに】総合雑談スレ ４５０【備えろ！】

1. 駆け抜ける冒険者

ここは総合雑談スレです。

ルールを守って自由に書き込みましょう。パーティー募集、愚痴、アンチ、晒しなどは専用スレでお願いします。

次スレは自動で立ちます。

前スレ：http:// ＊＊＊＊＊＊＊＊＊＊

107. 駆け抜ける冒険者

よーし、ついに40レベル到達！

ギルドのやつらもイベントまでには40に上がりそうだ！

108. 駆け抜ける冒険者

>>107
お、頑張ってるなー！　打倒ユーリもいけそうなんじゃね？

ユーリに集団で挑みたいってプレイヤー、今の段階で50000人以上集まってるしな！　みんなでレベル上げてボコってやろーや！

109. 駆け抜ける冒険者

>>108

ウチもレベル上げは順調だぜー！

あとはクラフトメイカーくんたちに頑張って装備を作ってもらうだけだな～

130. 駆け抜ける冒険者

>>109
あ、クラフトメイカーといえばさ、今回のイベントポイントの配分ってどうしようかね？

さっきブレスキのホームページで発表があったんだけど、イベント『ギルド大戦』じゃ、一つのギルドを潰せば、潰したギルドそのものにイベントポイント1000が配られるらしいぞ。

そんであとは自由にメンバー同士で分けてくれってさ

151. 駆け抜ける冒険者

>>130
うげっ、マジかよ。バトルロイヤルのときみたいにプレイヤーを倒せば倒した奴が１ポイントとかそんな感じだと思ってたわ。

じゃあつまり、戦えないクラフトメイカーにもポイントを配らないといけないわけか……うわぁどうしよ。

戦闘職７割、クラフトメイカーたち３割くらいの分配率じゃダメかなぁ……？

173. 駆け抜ける冒険者

>>151
そんなことしたら荒れるぞ～w
……まぁ匿名掲示板だから言うが、気持ちはわかるんだよなぁ。
色々と装備とか作ってくれて世話になってるけど、結局イベントじゃ戦えないわけじゃん？　クラフトメイカーなんてさ

175. 駆け抜ける冒険者
>>173
わいクラフトメイカー、その発言にガチで憤慨。
お前どこのギルドだ言えコラ！

176. 駆け抜ける冒険者
>>175
落ち着けって。掲示板の戯言にいちいちキレるなって
まあでも、クラフトメイカーって生産ばっかなわけじゃん？　それならイベントポイントなんて使う機会なくね？
ポイント交換で限定武器とか限定スキルとか欲しいし、戦闘職にポイントを多く振り分けるほうがいいと思うぞ

179. 駆け抜ける冒険者
>>176
だよなあ！　俺も強い武器とか手に入れまくって、魔王ユーリさんみたいになりたいわ～！

180. 駆け抜ける冒険者

>>179
わかる！

そういえばウチのギルドのいつもログインしてるニート侍（匿名）が言ってたんだけど、50レベルになったらセカンドジョブってのが選べるらしいじゃん？

魔王様、前のイベントで暴れまくったし絶対50になってるって！

みんなから狙われてる状況だし、強いジョブ選んだんだろうな！　楽しみww

294. 駆け抜ける冒険者

『ワールドニュース！　ユーリがハイレベルダンジョンボス：禁断邪竜クトゥルフ・レプリカのソロ討伐に成功しましたッ！』
↑お、ワールドニュースキタキター！　魔王様相変わらず暴れてんなw
なんかめっちゃやべー名前のボス倒してるしwwww

296. 駆け抜ける冒険者

>>294
おお、それでこそ魔王ユーリ！　倒し甲斐があるってもんじゃねーか！

よっしゃ！　俺も早く50になって、強いセカンドジョブをゲットするぜー！

――掲示板の者たちは誰も予想していなかった。

その魔王が、真最弱職『クラフトメイカー』を選んでいることに……！

第二十三話　（死体）生産職、ユーリちゃん!!!

さて、イベントまで残すところ三日。何時間も狩り続けたことで、いよいよ使い魔になったモンスターも９９９９体に達しそうだ。昨日は『禁断邪竜クトゥルフ・レプリカ』のやつもゲットしたし、これで街の防備は完璧だな。

やっぱりセカンドジョブ『クラフトメイカー』を獲得したのが大きいな〜。アイテムボックスの量が増えたことで【武装結界】で飛ばせる武器の数が増え、ラクにモンスターを狩りまくることが出来た。

だがしかし、

「う〜ん、一発一発の威力が問題なんだよなぁ。数匹のモンスターが相手なら百発くらい剣の雨を降らせれば勝てるけど、イベントだと何万ものプレイヤーを相手にしなくちゃいけなくなるわけだし」

ヘルヘイムの街にある定食屋にて、カツ丼をモショモショ食いながら俺は考え込んでいた。

ちなみに周囲ではモヒカンに世紀末みたいな裸ジャケットになったサモナーNPCたちがバクバクと飯を食っている。こいつら、人格が悪属性になったせいで見た目まで変わっちまったな。

まぁこいつらのことは置いといて……そう、【武装結界】による射出攻撃はあんまり強力なものじゃないのだ。
何しろ、筋力値ゼロの俺が武器をぶん投げただけって判定になってるからな。ダメージ
アップ系スキルで威力を増幅させても微妙なのだ。
激レアで重いモノや状態異常を起こす武器を大量に射出することで誤魔化してるが、敵
が武器の量を上回るような大軍であることを考えると、それだけでは足りない気がする。
モンスターと違って、プレイヤーはアクセサリーで状態異常を防ぐことも出来るわけだし。
「街の防備は完璧でも、それだけじゃイベントで暴れられないよなぁ。たしか敵のギルド
をぶっ潰せば勝利って条件だから、どうしても攻めに行く必要があるし。――なぁ店主、
アンタはどう思う？」
「へっ、へぃッ!?　い、いやあの、自分料理人なんでそういうことはわからなくて
……！」
「だよなぁ」
ビクビクしながら俺やサモナーたちを見ていた店主NPCに聞いてみたけどダメだった。
ちょっとテロを起こして街を乗っ取っただけなんだから、いい加減懐いて欲しいものだ。
う～ん、まぁ料理人に聞いてもしょうがないよなぁ。料理ばっかり作ってるわけだし、
戦いのことなんて……んッ、作る!?
「ハッ、そうだッ！　今の俺って『生産職』なんじゃねーか！　俺自身の手で、武器の威

力をさらに高めればいいんだ！」

　シンプルかつ合理的な答えに俺は辿《たど》り着いてしまった！

　高級武器や限定武器をそのまま使って満足するのではなく、さらに手を加えて強化すればいいだけじゃないか！

「よし、今から武器をいじりまくってくるわ！　じゃあな店主！」

「えっ、たしか魔王様ってクラフトメイカーになったばかりですよね!?　なら気を付けたほうがいいですよ……素人がヘタにいじった武器は、爆発するとか聞いたことが……」

「ばばばばっ、爆発だってー－－!?」

　おいおいおいおいおい、なんだよそれ!?　最高じゃないか！

　俺はあくまでも武器を振るうのではなく射出するんだ。だったら爆発なんて望むところだ！　むしろミサイルみたいでカッコいいじゃん！

　俺は店主に――いや、『先生』に礼を言う！

「ありがとう先生。アンタのおかげで道は見えた……！　ミサイルを作ってぶっ放せばいいんだな！」

「せ、先生!?　いやていうか、あっしの発言からどうしてそんな頭のおかしい結論にッ!?」

「サモナーたちよ、聞いていただろう!?　この人のおかげで死体の山を量産しまくれるぞッ！」

「ヒューッ！　なんてクレイジーなアドバイスをするんだ！」「ただモンじゃねぇぜ店主さんよォ！」「よっ、血も涙もない戦争屋の鑑《かがみ》ッ！」

「えええええええ!?」

ワイワイと騒ぐモヒカンたちと（たぶん）喜びの声を上げる先生に手を振り、俺はさっそくグリムの工房に向かって行った。

あいつはNPCたちの装備を揃《そろ》えるのに忙しいからな。一角だけ貸してもらって、自分の武器は自分で何とかするとしよう。

よーーーーし、生産職として頑張るぞー！

◆◇◆

「というわけで、新人武器職人のユーリです。今日はよろしくお願いしまーす」

「「「えええええええええええ!?」」」

あれから数十分後。俺は訳あって、『始まりの街』で開かれているクラフトメイカー工房にやってきていた。

とても広い場所で道具の貸し出しも自由なため、自分の工房を持たない駆け出し職人たちが多く集まる場所らしい。『みんなで仲良く利用しましょう。先輩クラフトメイカーは、初心者さんにアドバイスをしてあげてね』と看板に書かれていた。

まぁ、みんな俺を遠巻きに見ながらヒソヒソ話し込んでいるんだけどな。

「どどどっ、どうしてあの方がここに……!?」

「拙者たちのことを馬鹿にしに来た……というわけではござらぬよなぁ……?」

「偽者にしては美人すぎますぞ……!」

「そ、装備がなんともいやらしいことに……!」

などなど、パニクっているせいか少しボリュームの大きすぎる声で噂《うわさ》しまくっている。

ていうかなんでみんな眼鏡かけてクイクイさせてんだろう？　あとどいつもこいつも侍でもないくせにザンソードみたいな口調してんだが、流行《はや》ってんのかソレ？

やがてクラフトメイカーたちの一人が、おずおずと俺に訊《たず》ねてきた。

「し、失礼しますぞ！　ユーリ殿と言えば、もしやバトルロイヤル優勝者のユーリ殿でござるか……!?　暴れすぎて出禁を喰《く》らったという伝説の……!」

「まぁな。セカンドジョブにクラフトメイカーを取得したから、基礎を学びに来たんだよ」

「ええええええ!?　ど、どうしてクラフトメイカーのような戦えないジョブを取ってしまったんでござるか!?　それに情報によると、このようなところに来なくても自分の街をお持ちなのでは……!」

「あぁ、まぁ色々あってな……」

今から少し前のことだ。ヘルヘイムの工房の隅っこにて、職人ＮＰＣにちょいちょいとアドバイスを貰《もら》いながら装備作りに励もうと思っていた時のこと。

なんと工房ではグリムのヤツが職人ＮＰＣたちを何十人も総動員して、半泣きになりながら装備を作りまくっていた。

一体どうしたのかと聞いてみれば、

『うぅぅ……次のイベントポイントは分配式になるという件で、掲示板ではクラフトメイカーに与えるポイント量は少なめにすべきなんじゃないかという意見が流行っておる！　ふざけるなっ！　みんな私の装備でぶっ殺してやるーーーーー！』

……とのことだ。

補助役のＮＰＣたちにあれこれ命令を飛ばしたりしながら、同時にいくつもの作業台を回って武器や鎧《よろい》をガチャガチャ作っていくグリム。本当に彼女は７００人以上もいる戦闘用ＮＰＣたちの装備を全部仕上げる気でいるらしい。ちっちゃな身体《からだ》からは汗と熱気と鬼気迫るオーラが出ていた。

そんな姿を見せつけられたら邪魔するわけにはいかないだろう。生産職の彼女にとっては、あそこが戦場なのだから。

ゆえに、俺も俺で初心者らしく、みんなの作業風景から学んでいこうと思ったわけだ。

爆発するような失敗作を作るにしても、基礎が理解できていればそれだけ盛大に『大失敗』する方法がわかるってことだからな。それに爆発物だけじゃなくて色々と作ってみたい気持ちもあるし。

　ちょうど工房の中庭には試し切り用の簡素なカカシが立ってるから、あれで威力を確認することにしよう。

「とにかく、みんなの邪魔をする気なんてないから、俺に気にせず作業してくれ。……あ、でもわからないことがあったらたまに教えてもらってもいいか？　その――初めてだからさ、こういうの……」

「フォアッ!?　りょっ、了解しましたぞーッ！　せせっ、拙者でよければユーリ殿の『ハジメテ』、どうか面倒を見せさせてくだされーーーっ！」

　少し恥ずかしげにお願いすると、先輩クラフトメイカーは何やらやたらと気合の入った様子で頷《うなず》いてくれた。

　こちらを遠巻きに見ていた他の職人プレイヤーたちも、「いやいや自分が教えますぞッ！」「拙者のほうがテクニシャンですぞー！」「手取り足取り指導しますぞッ！」と熱のこもった表情で集まってくる。

　お～、クラフトメイカーっていい人たちばっかなんだな～！

　俺は礼を言いながら、気の良い彼らに明るく微笑《ほほえ》むのだった。

◆◇◆

「ふ、ふひひっ、ハンマーの持ち方はこうするとよくてですな……！」

「ふむふむ、なるほどな～」

ハンマーを持ちながら俺は頷いた。目の前には練習用にと先輩クラフトメイカーが渡してくれた『初心者の剣』が。

よーし、何度か体験させてもらったしコツは掴《つか》んだぞ。

やたらと（近くで）熱心に教えてくれた職人プレイヤーたちのおかげで、このゲームにおける鍛冶のやり方がよくわかった。

つまりはこれ、リズムゲームだな。

まず剣を熱して台座に置くと、刀身の一部に一瞬だけ『赤色』『緑色』『黄色』の光が同時に灯《とも》るのだ。

それらが出たタイミングで上手《うま》くどれかの点滅箇所を叩《たた》くと、色に応じて武器のステータスが上昇するようだ。

赤を叩けば『威力』、緑を叩けば『耐久力』、黄色を叩けば『状態異常発生率』といった感じだ。

十五回ほど光が灯るようになっているのだが……これを叩くタイミングが非常にシビア

だ。
0．1秒以内なら大成功だが、1秒経《た》てば完全失敗で効果なし。逆に能力が下がることもあるとか。
また0．7秒から1秒の間に叩くとプチ失敗という判定になり、能力値増加率は微妙な上に『自爆』という謎の効果が搭載されてしまうそうだ。

先輩クラフトメイカーは「あれは致命的ですぞぉ」と困った顔で語る。

「『自爆』を持った武器は最悪でござる。0．7秒過ぎてしまったと思ったらあえて叩かず完全失敗したほうがいいですぞ。

剣や槍《やり》のような近接武器にだけ搭載されるのですが、当たった瞬間に低確率で武器が爆《は》ぜて、敵も使用者も大ダメージを受けてしまうとか。

たしか武器の威力の三倍のダメージが発生するのでしたかな……爆発範囲も数メートルあるゆえ、一瞬で退避するのは難しいでござるなぁ。投擲《とうてき》用に使う手もあるでござるが、筋力値が高いプレイヤーが普通に振るったほうがダメージ出ますぞ」

「へぇー。ちなみに爆発した武器はなくなっちゃうのか？」

「いや、耐久値を1だけ残した状態になりますぞ。見た目的には柄《つか》の部分だけが残っているような感じでござるな。

そんな時こそクラフトメイカーの出番ですぞ！『武器修復』というアーツがあって、アイテムボックス内にある武器の耐久力を回復させることが出来るのですぞ！

少し簡単すぎると思うでござろうが、武器がないと狩りが出来ませぬからなぁ。そこはゲーム特有のお約束というやつですぞ。

ちなみに防具を直すのはかなり難しく、わざわざ作業場に持っていく必要があってですなぁ――」

眼鏡をクイクイさせながらめっちゃ喋《しゃべ》る先輩クラフトメイカー。

最初はかなり緊張気味に俺と話していたのだが、作業の説明に入ったあたりでどんどん早口になっていった。

まぁそれだけモノ作りが好きってことなんだろう。

いつの間にか他のクラフトメイカーたちと「防具職人は大変ですなぁ」「いやいや、武器職人も責任重大でござるぞ」「装飾職人だって作業が細かくて難しいですぞ～」とあれこれ話し込み始めた先輩に、俺は苦笑を浮かべる。

さてと、練習は終わりだ。説明もよく理解した。

それじゃあさっそく『大失敗』するとしますか！

俺が炉の前に立つと、目の前に『武器を加工しますか？』というメッセージが現れた。

それを押してアイテムボックスから加工したい武器を選べば作業開始だ。身体が自動で動き、その武器を取り出して炉に突っ込み始める。

このゲームには最初に選択した武器以外持てないという縛りがあるが、それじゃあ職人プレイヤーは仕事が出来なくなっちゃうからな。ゆえにこうした機能があるのだ。

さて、数秒ほど火に突っ込んだところで身体が勝手に剣を取り出して台座に置いた。オレンジ色に燃え滾《たぎ》ったその剣を見て、職人プレイヤーたちがギョッと目を丸くする。

「ファァァアアアッ!?　そ、それはまさか『滅殺剣ダインスレイブ』!?」

「トップクラスの威力を誇る超高額装備ッ！　ユ、ユーリ殿それをイジってしまうのでござるか!?　失敗したら大変ですぞ!?　武器の加工は出来る回数が決められていますし！」

ギャアギャアと騒ぐ職人たちに、俺は心中で少しだけ詫《わ》びた。

悪いな先輩がた。俺は最初から、失敗する気満々でここに来たんだよ。

「みんな、これからちょっととんでもないことをするけど、声を出さずに黙っててくれるか？」

「は、はぁ……！」

ポカンと口を開けながらも頷いてくれた先輩たちを背に、俺はハンマーを高らかに掲げた。

台座に置いてから10秒、いよいよ作業の始まりだ。

俺は剣の数か所が光るのを確認してから、あえて1秒経つ寸前のところでハンマーを振り下ろした！

ウィンドウに表示される結果は――0．8秒、プチ失敗！　剣の威力が少し上がったのと同時に、『自爆』のデメリット効果が搭載される！

よっしゃーーーーっ！　俺にとっては大成功だ！

「あぁあぁあぁ……!?　ユーリ殿、タイミングがズレすぎでござるよぉ……！」

第一打から失敗したように見えたことで、小さく呻《うめ》き声《ごえ》を漏らす先輩たち。

そんな彼らを背に、今度こそ普通に成功して威力を上げようと思った時だ。ここでふと思った。

何度も何度も連続で『自爆』の効果を付与し続ければどうなるのかと。

このゲームには数字を重ねることで何かが起こることが多い。

特定の行動を重ねればスキルが身に付く制度だし、教皇グレゴリオンを焼いた時だって、『灼熱化《しゃくねつ》』した地面に火属性攻撃をしまくったらフィールド異常が悪化したしな。

もしかしたら何かが起こるかもしれない……そう考えた俺は大成功する可能性を捨て、あえてプチ失敗を狙いまくった！

「よっ、ほっ、今だ！」

「ぎゃーーーーー!?　ユーリ殿なにをやってるのですかーーー!?」

時にはうっかり0．6秒で叩いて成功《しっぱい》してしまったりしながら、何度も回数を重ねていく。

そうしてついに十五打……十回目のプチ失敗を引き当てた時だ。目の前に武器の完成ステータスが表示された。

・武器の加工が終わりました。
『滅殺剣ダインスレイブ・ダブルツインマークツーセカンド』（ユーリ命名）：威力40アップ。特殊効果『大爆発』獲得！

『大爆発』：刀身がヒットしたとき高確率で発動。耐久値1を残し、武器の威力十倍分のダメージが発生する爆発が起きる。


「か、完成した……完成したぞ！」


その結果に俺は大満足した！　高確率で発動なんて、そんなもん幸運値極振りの俺からしたら絶対に起きるようなもんだ。

元々禍々《まがまが》しいデザインだったダインスレイブからは、今や赤黒い瘴気《しょうき》のような魔力が満ち溢《あふ》れていた。まさに触れたら滅びるぞって感じだな。

いいじゃないか、気に入った！　光の勇者である俺が闇の武器を装備したら最強になるからな！　さっそくボックスにしーまおっと。

さてと、というわけで大満足な結果に終わった俺なんだが……先輩たちはかなり湿っぽい雰囲気だ。

俺のことを気遣わしげな眼《め》で見てくる。

「その……ユーリ殿、やはり初心者が激レア武器でいきなり本番というのは、その……」

「ま、まぁ自爆効果を持った武器でも、ダインスレイブならそこそこの値で売れますぞ……たぶん……！」

「あまりにも才能が……いや、なんでもないでござる……！」

……仕方のないことだが、大失敗してしまったと勘違いしている先輩がた。

うーーーん、本当なら爆発武器のことは秘密にするべきかもしれないが……まぁ彼らには世話になったからな。

みんなとても親切にしてくれたし、蘊蓄《うんちく》語りで学べることも多かった。バトルだけが遊び方じゃないとよく理解できたよ。

――ゆえに彼らに見せてやろう。

最弱以下の存在として扱われるクラフトメイカーたちに、役に立たない存在などないのだと。

「……お前らよく見てろ。失敗作だろうが不遇ジョブだろうが、ようは使い道の問題だ。『絶対にコレで最強になりたいんだ』と思えば、あとは気合と努力とちょっとした工夫で大体どうにかなるんだよ」

俺は窓から見える中庭のカカシに向かい、スキル【武装結界】を発動させた。

背後に現れた召喚陣より顔を覗《のぞ》かせるダインスレイブ。瘴気を纏《まと》ったその切っ先が、外のカカシを捉えた瞬間――、

「弾《はじ》け飛べぇッ！」

そして射出される滅殺剣。漆黒の残影を残しながら獲物へと突き刺さり、次の瞬間、ボォオオオオオオンッ！　という音を立てて大爆発を巻き起こした！

「「「うわぁあああああーーー!?」」」

絶叫を上げる職人たち。あまりの衝撃に空気が激震し、工房内に爆風が吹き荒れて多くの者が吹き飛ばされた。

だがしかし、誰もが目だけは瞑《つむ》っていない。ゲーム内でさえモノ作りに身を捧《ささ》げるような男たちは、俺が生み出した『発明品』の威力に大きく目を見開いた。

「どうだ、強力だろう？　武器の威力十倍分のダメージを誇る爆発を、俺の持っているダメージアップ系スキルでさらに十倍に強化したんだ。

つまり威力は驚異の『百倍』。あれこれ要素を組み合わせるだけで、失敗作がこの通りだ」

「ッ……！」

ゴクリと唾を飲む職人プレイヤーたち。彼らは俺の背後で炎上する中庭をじっと見ていた。

その爆炎の規模たるや、テニスコート二面分はあった中庭を丸ごと焼き払ってしまうほどだ。まさに本当のミサイルだな。

運営からダメージ増加率は十倍までという制限を受けたが、大爆発で起きるダメージはあくまで『武器の威力十倍分』。つまり武器のダメージを十倍にしたわけじゃなく、爆発のダメージ自体はそこが基準値なんだ。

あとはそれを十倍にすれば、この通り。やばい兵器の誕生ってわけだ。

俺は爆風で乱れてしまった銀髪を掻《か》き上げながら、この場から退散することにする。

「じゃあ先輩がた、モノ作りの基礎も学んだし俺は場所を移すことにするわ。

……さぁ、これからどうするかはアンタたち次第だ。このまま戦闘職から舐《な》められっぱなしで終わるか、あるいは気合と根性で現状を打開するか、好きなほうを選んでくれ」

色々と教えてくれた礼にいくつかの最高級素材を置き、俺は工房の外に出た。

――その瞬間、男たちの熱意に溢れた咆哮《ほうこう》が木霊《こだま》する。どうやら方向性は決まったようだ。

「す、すごい……なんでござるかアレは、めちゃくちゃではござらんか！　なぁ、拙者たちもあのようなすごいモノを作ってみませぬか!?」

「あぁ……！　ユーリ殿のようにあれこれ工夫しまくって、戦闘職どもにギャフンと言わせてやりましょうぞッ！　そうだっ、たとえば爆発する鎧《よろい》なんて作ったりしてですなぁ――！」

希望と殺意に満ちた声色で語り始める職人たち。

そんな彼らの声を満足げに聞きながら、俺は利用できる工房を探しに行ったのだった。

第二十四話

ファンイベント開催！　殴り合いにいける魔王系アイドル、ユーリちゃん！

ギルド大戦の開始まであと二日。俺は『始まりの街』にある修練場の前に来ていた。

これまで何度か利用してきた、街の中でも戦闘が行える場所だ。建物の中へと進んでいきながら俺は首をゴキゴキと鳴らした。

「あ～、昨日は大変だったなぁ……流石《さすが》に１００本以上も武器をいじるのは辛《つら》かった……」

効果『大爆発』を付与しまくる作業は想像以上に骨が折れた。

当然ながら何本かはタイミングをミスって失敗するし、どんどん集中力もなくなっていくしな。

ぶっちゃけ一日経《た》った今でも精神的な疲れが残ってるくらいだが……成果はあった。

「爆破系武器１００本、完成したな。これで明後日《あさって》のイベントでは暴れられそうだ」

ついでにクラフト作業しまくったことでレベルも上がったし万々歳だ。高級な武器や素材を扱うほど、獲得できる経験値も多くなるシステムみたいだからな。

ちなみに俺が持ち歩いている剣や槍《やり》は１３０本くらいなので、あと30本は爆破効果を付与していない物がある。

だがこちらには『大爆発』は搭載しないでおこうと思っていた。

「いざという時にゼロ距離でも使える武器を残しておかないとなぁ。爆破武器は威力は凄《すご》いけど、俺まで巻き込んじまうし」

有象無象はぶっ飛ばせるようになったが、スキンヘッドやザンソードのような接近戦に強い宿敵たちにも備えなければ。

絨毯《じゆうたん》爆撃で始末できればそれで良しだが、アイツらのことだから死に物狂いで突破してきそうだしなぁ。

まぁいざとなったら【執念】による食いしばりが発動するのを願って自分ごと吹っ飛ばす手もあるが、それは最終手段だろう。

だから今日行うのは、対人戦における近接戦闘の訓練だ。

爆破武器をあえて使わず、どれだけ接近戦をやれるか。そのテストをしたいと思う。

ゆえに、

「──お前たち、よく集まってくれたな！」


円形状のコロッセウムに入ると、何百人ものプレイヤーたちがワーッと声を上げて俺を見た。

誰もが飾り気のない地味な装備を纏っているが、やる気は十分って感じだな。

そう、今回は闘技場を貸し切ってちょっとしたプチイベントを開かせてもらった。

その名も『初心者限定！　勇者ユーリと戦おうぜ大会！』だ。

ルールは簡単で、俺に一撃当てられたら勝利。逆に俺は十発相手に攻撃を当てられたら勝ちって感じだな。ちなみに武器も【武装結界】のスキルも使わないつもりだ。徒手空拳でどこまで戦えるかテストするつもりで開いたからな。

あ、もちろん俺に勝ったヤツには気前よく賞金一千万ゴールドをプレゼントだ～！

「おぉぉおおおっ、ユーリさんだ！　ナマ魔王だー！　バトルロイヤルのときのＰＶ見てこのゲーム始めましたー！　もちろん魔王様リスペクトで極振りですよ！」

「出たな魔王めっ、貴様を倒すためにオレも極振りにしてきたぞー！」

「魔王様ーっ！　勝ったら四天王にしてください！」

元気に声を上げる初心者プレイヤーたち。楽しそうで何よりだが、誰も俺のことを『勇者』と呼んでくれないのは気のせいだろうか？　ぐぬぬぬ……！

まぁそこらへんはクソ運営のせいにしておくとして――聞けばコイツら、ギルド大戦を前にかなり暇をしていたらしい。

何しろ次のイベントはギルドごとにポイントを分配する仕組みだからな。ほとんどのギルドはゲームをはじめて二日か三日の戦力外プレイヤーを入れて、無駄にメンバーを増やしたくはなかったようだ。

ポイントをあげないっていうのも気まずくなるわけだしなぁ。ゆえに、多くの者たちがどこのギルドにも属せずこうしてあぶれてしまったんだとか。

ふっふーん、だったら俺が訓練ついでに楽しませてやろうって話だ！

というわけで街を歩いている初心者っぽい奴《やつ》らに声をかけまくった結果、俺のことを知っているヤツから知らないヤツまで大勢集まってきて、いつの間にやら参加者は千人近くまで膨れ上がってしまったのだった。

俺は拳を構えると、ウズウズしている彼らへと言い放つ。

「さぁ、誰でもいいからかかってこい！　もちろん仲間と協力し合うのもありだ！　思う存分戦おうぜ、お前らーーーッ！」

「「「ウォオオオオオオオオーーーーーーーーッ！」」」

俺の言葉に雄叫《おたけ》びを上げる初心者たち。こうしてギルド大戦を前に、俺は熱いバトルを楽しんだのだった。

【ギルドバトル】生産職総合スレ　５９【どうしよう？】

1. 駆け抜ける冒険者
ここは生産職用の雑談スレです。

新情報・新テクニックを見つけたらみんなで共有していきましょう。愚痴ももちろんＯＫです。

次スレは自動で立ちます。

前スレ：http:// ＊＊＊＊＊＊＊＊＊＊

107. 駆け抜ける冒険者
ウチのギルド、イベントポイントの配分は戦闘職８：生産職２だってお。

別にわかってたんだけど、なんだかな〜ってな〜……

108. 駆け抜ける冒険者
>>107
うわーお前んとこキツいなー。まぁウチも７：３なんだけどさ……

はぁ、直接戦えるのがそんなに偉いのかねぇ？

モノ作りするのが好きだからクラフトメイカーになったけど、こんなもやもやするくらいなら戦闘職やっとけばよかったわ

109. 駆け抜ける冒険者

>>108
戦闘用アーツないもんなークラフトメイカー。

戦場に出ても全職業の劣化だから、せいぜい『武器修復』のアーツで砥石扱いされるくらいだもん。

もうカッコよく戦ってるのをボーっと見せられながら、「これ調整しとけ」って言われて武器の耐久値だけ直してるのはうんざりだお……

あと【運搬】の固有能力でアイテムボックス広いから、回復薬持ち運び用のドリンクサーバー扱いされるくらいか

130. 駆け抜ける冒険者

>>109
砥石＆ドリンクサーバー扱いあるあるｗｗｗｗ
まぁ『バトルメイカー』にジョブ進化すれば　一　応　は戦えるようになるんだけどな
追加で六つの武器が使えるようになって、『ソードマン』とか『ランサー』のジョブじゃなくても選択してる武器のアーツが使えるようになるってのはすげー面白いんだけどさ、ＭＰ消費量が五倍かかるんだよなー……。
だったらアーツを連発できるような専門職のほうが強いし、生産作業の成功率が上がる『クラフトマスター』のほうにジョブ進化したほうがいいって話だよ。
剣を打つ時の大成功判定時間が、0.1 秒から 0.3 秒に延びるのはデカいわ

151. 駆け抜ける冒険者

>>130
だよなぁ～、結局は全職業の劣化にしかならないしな、バトルメイカーなんて。いわゆるロマン職ってやつだよ。

あーなんかもういいや。オレ、ギルドイベントの日は寝てるわー。割合が少ないとはいえ、バトルせずにポイントもらえるんだしさー

173. ＼緊急告知！／

掲示板のクラフトメイカーたちよ、『始まりの街』にあるクラフト工房に集まりたまえ！

175. 駆け抜ける冒険者

>>173
な、なんだなんだ!?

176. ＼緊急告知！／

>>175
情報漏洩は防ぎたいからな、詳細はそこで話す！

とにかくだ諸君ッ！　諸君らは、このままでいいと思っているのか!?

生産職は戦えないと思い込み、そして周囲からもそう決めつけられ、くすぶった思いで戦闘職どもが戦う姿を見ているだけでいいのか!?

なんだそれは、ふざけるなッ！　気合と根性さえあれば、
我らだって輝けることを見せつけてやるのだッ！

179. 駆け抜ける冒険者
>>176
な、なんだお前!?　いきなり何言ってんだ、荒らしか!?

180. ＼緊急告知！　とにかく集まれ！／
>>179
荒らしではない！
――拙者は、魔王の使徒だ！！！

【ギルドバトル】初心者用雑談スレ　１３２【参加したい！】

1. 駆け抜ける冒険者

ここは初心者プレイヤー用の雑談スレです。

ゲームに慣れてない内は、ここでアドバイスを出し合って協力していきましょう。もちろん先輩プレイヤーからの助言もオーケーです。みんな仲良くいきましょう。

次スレは自動で立ちます。

前スレ：http:// ＊＊＊＊＊＊＊＊＊＊

173. 駆け抜ける冒険者

よっしゃーーーーー！

魔王様に攻撃当てられた〜〜〜！

もらった一千万ゴールドで、装備を一気に強化してやるぜ！

175. 駆け抜ける冒険者

>>173
魔王!?　一千万!?　なにそれどゆこと!?

176. 駆け抜ける冒険者

>>175
ほら、例の魔王ユーリさんっているだろ!?

あの人が『始まりの街』の修練場で、オレたち初心者用にプチイベントを開いてくれてるんだよ！

攻撃を当てられたら一千万プレゼントなんだぜ!?　やばくね!?

マジであの人美少女なのに殴り合うのに慣れてて立ち回りも参考になったし、良いことずくめだわ～

お前らも急げよ！

179. 駆け抜ける冒険者
>>176
うおおおおおお！　そんなの行くしかないじゃねーか！
数日前からせっかくゲームを始めたのに、どこのギルドも参加させてくんねーからヒマしてたんだよ
明後日のイベント出れない代わりに、魔王様に遊んでもらうか～！
一千万もゲットしたら一気に戦えるようになるしな！！！

180. 駆け抜ける先輩プレイヤーさん
>>176
まぁ、あの人がそんなことを……！

これはわたくしも初心者支援を誓った身として、負けていられませんわねぇ！

緊急告知ですわー！　ユーリさんと遊び終わったら、始まりの街にある『フランソワーズのステキ工房』に集合してくださいましー！

294. 駆け抜ける冒険者

>>180
ファッ!?　もしかしてフランソワーズパイセンすか!?

格安で装備を強化してくれたり、いつもお世話になってます！

でもいきなり何の用事で……？

296. 駆け抜ける先輩プレイヤーさん

>>294
うふふっ、それはわたくしのお店に来てからのお楽しみですわ～！

ただヒントを出すなら……イベントを眺めているだけなんてつまらないでしょう？

魔王様の元祖仕立て屋として、わたくしもみなさんを全力で楽しませてあげますわよ～！

第二十五話　激突！　コリンVSシルVSダークユーリ！

イベント『ギルド大戦』が開かれるまであと一日となった。

始まりの街に降り立つと、誰もがせわしなく駆け回っていた。みんな最後の戦力アップを図るつもりなのだろう。

「よし、俺も頑張らないとな。まずは自分の状態をチェックしてみるか」

ステータスオープンっと！

名前　：ユーリ
レベル　：51
ジョブ　：ハイサモナー
セカンドジョブ　：クラフトメイカー
使用武器　：弓
ステータス
筋力：0　防御：0　魔力：0　敏捷《びんしょう》：0
幸運600×3×2＋60＋900＝『4560』

スキル

【幸運強化】【執念】【致命の一撃】【真っ向勝負】【ジェノサイドキリング】
【非情なる死神】【アブソリュートゼロ】【ちゃんと使ってッ！】
【逆境の覇者：ＨＰ１のため発動状態。全ステータス二倍】【神殺しの拳】
【魔弾の射手】【魔王の波動】【魔王の眷属《けんぞく》】【魔王の肉体】【悪の王者】
【武装結界：限定スキル①】【魔の統率者：限定スキル②】【異常者】

固有能力

【調教】【キマイラ作成】【召喚】【禁断召喚】【巨大モンスター召喚】【生産】【運搬】
【転送】

装備

・頭装備『呪われし死神姫の髪飾り』（作成者：フランソワーズ　改変者：グリム）
装備条件：プレイヤーの筋力値・魔力値・防御値・敏捷値全て半減　ＭＰ＋１００
幸運＋３００
・体装備『呪われし死神姫のドレス』（作成者：フランソワーズ　改変者：グリム）
装備条件：プレイヤーの筋力値・魔力値・防御値・敏捷値全て半減　ＭＰ＋１００
幸運＋３００
・足装備『呪われし死神姫のブーツ』（作成者：フランソワーズ　改変者：グリム）
装備条件：プレイヤーの筋力値・魔力値・防御値・敏捷値全て半減　ＭＰ＋１００

幸運＋３００　マーくん憑依《ひょうい》状態

・武器……『初心者の弓』装備条件なし　威力1

・装飾品……『呪われし姫君の指輪』（ＨＰを1にする代わり、極低確率でスキル再発動時間ゼロに）『邪神契約のネックレス』（ＨＰ1の時、幸運値三倍）『耐毒の指輪』（低確率で毒を無効化）

「う〜ん、相変わらず美しいまでの幸運値特化だ。ただひたすらにこれだけを伸ばしまくってきたからなぁ」

俺は思わず笑ってしまった。他のプレイヤーは攻撃に敏捷に防御にと振り分けなければいけないため、同レベル帯の連中だろうが一番高いステータスでも８００くらいがやっとだという。しかし俺は４５００だ。文字通り桁が違う。

「ははっ、装備補正含めて五分の一の項目に全ツッパしたら、そりゃ五倍分にもなるか。――よし、やれるだけのことはやったな。50レベルになってセカンドジョブも獲得したし」

モンスターも乱獲しまくって９９９９体揃《そろ》えたし、隠し玉の爆破装備もある。これで準備は完璧だ。

「レベルもすっかり上がりづらくなっちまったからなぁ、今日一日バタついたってたかが知れてるか。明日に備えて早く寝るのもありだな」

なにせ明日は何万人ものプレイヤーたちと大決戦するんだ。ここまで急ピッチで準備を進めてきたし、いったん休むのもありだろう。本番で疲れが出ちまったら本末転倒だからな～。

「さーてどうしたものか……」

雑踏の中、俺がそんなことを考えていた――その時、

「なっ、なんでアナタがこんなところにいるんですか!?」

ふと、どこかで聞いたことのある声が響いた。

そちらを見ると、かつてイベントでボコったネコミミ和服のロリ忍者・コリンのやつが立っていた。

――しかし、先ほどの言葉は俺に向かって放たれたわけではないようだ。

彼女はビシッと指を差し、誰かに対して文句を言っていた。

「なんだ、口喧嘩《くちげんか》か？　相手は……って、シルのやつじゃねーか」

なんとコリンが向かい合っていたのは、ウチのギルドのサブマスター様であった。

はたから見たら中学生くらいのロリ二人がおしゃべりでもしているようだが、どうにも雰囲気がピリピリしている。俺の知らないところで何かあったんだろうか？

やがてシルのやつが壁に貼ってあったポスターを親指で指すと、彼女たちはどこかに向かっていった。

「なんだ、あの二人？　友達には見えなそうだったが……」

ひとまず彼女たちが立っていたところまで近づき、俺もポスターを見ることにした。

そこには、

「なに、『本日より実装！　好評につき、バトルロイヤルイベント・プチバージョン常時開催！』だと……!?」

ってマジかよ。バトルロイヤルイベントっていったら、一週間前にやったアレのことだよな？

詳しく読んでみると、例のイベントをミニゲーム化するとのことだ。

街に何人か配置された登録受付用NPCに話しかけることで参加表明することができ、プレイヤー百名がそろった時点でそいつらは特殊エリアに飛ばされるとのこと。

イベントポイントはもらえないが、街の中での殴り合いとは違って経験値も発生するし、優勝すればそこそこのアイテムが手に入るとか。それに毎日二十四時間やっているのが一週間前のイベントとの大きな違いだな。

……あと、大型モンスターやボスモンスターは召喚しちゃダメだとか。どう見ても俺に向けての追加ルールだろコレ。

まぁそれはともかく、

「なるほどな～。プレイヤーキラーの欲望発散にもなるし、いいミニゲームを思いつくじゃないか」

珍しく運営を褒めてやる。

モンスターを狩るのも楽しいが、プレイヤーとの戦闘はまた別の熱さがあるからな。気が向いたときに参加できて、色んなプレイヤーと気兼ねなく殺し合えるってのは俺としても嬉《うれ》しい。

さーて、こんな楽しいミニゲームがあるとわかったら……！

「出るしかないよなぁ！　うっし、明日のイベントに向けてプレイヤー狩りの練習じゃ～！」

もちろん爆破武器は隠し玉だから使わないが、それでもいい訓練になるだろう。対プレイヤー戦の経験は少ないからな。

それに、

「……ククッ、シルやコリンともう一度殺し合うのも面白そうだ……！」

どちらも一度はボコった相手だ。きっと殺意全開で襲い掛かってきてくれるだろう。

かくして、俺は意気揚々と登録受付をしに向かったのだった。

◆
◇
◆

「ふ、ふふふふ……！　ついにここまで来ましたよ～……！」

イベントまで最後の一日。『始まりの街』にて、ネコミミ和服の少女・コリンは怪しい笑みを浮かべていた。

雑踏の中でステータスウィンドウを開く彼女。そこには、『レベル：49』という数値が刻まれていた。

「プレイヤー全体の平均レベルよりも15ほど上……！　そしてあとちょっと経験値を得たら50レベルです。そうしたらイベント開始までにギリギリセカンドジョブを獲得できますね……！」

目の下に隈《くま》を作りながらコリンは呟《つぶや》く。

現在のブレイドスキル・オンラインにおいて50レベル台に到達した者は限りなく少ない。

コリンより上の者など、それこそザンソードのような廃人勢か、ユーリのような謎戦法で格上狩りを繰り返す異常者くらいだろう。

そう、彼女は一週間前の敗北から徹夜で努力し続けた。

プレイングセンスもなく、どこぞの魔王と違って突飛な発想もできないコリンである。

そんな彼女がトップ勢に追い付くには、ひたすら効率的な狩場で時間をかけるしかなかった。

　おかげでリアルの学校生活にて居眠りをかまし、クラスの堅物委員長から叱られるという目にも遭ってしまったのだが。

「ちぇっ、あのひと苦手なんですよねぇ。わたしとは違って運動も勉強も出来るし腹立ちますよぉ～……！」

　ふと嫌な人物のことを思い出し、コリンはぶんぶんと首を横に振った。今はゲーム中なのだ、リアルのことなど思考から追い出すに限る。

　──廃プレイの弊害がわずかにありつつも、とにかく彼女はゲームに没頭し続けた。

　それほどまでに、前回のイベント結果に屈辱を覚えていたのだ。

「はぁ……βテスターなのに新規組のユーリさんにボッコボコにされ、あの人が出禁になったあとのイベントでもいいとこなし。このまま終われるわけないじゃないですか……！」

　グッと拳を握りしめるコリン。その瞳には並々ならぬ情熱と欲望が燃えていた。

〝──自分だって目立ちたい。ユーリさんやスキンヘッドさんやザンソードさんのように、周囲から注目されるようなトッププレイヤー勢になりたい。ぶっちゃけるとチヤホヤされたい！〟

　それが、今の彼女の切実な夢だった。

「地味なのはリアルだけでいいんですよ。ゲームの中でくらい、バリバリに無双して目立ってやるんですから……！」

そんなことを呟きながら今日はどうしようか考える。

出来ることなら経験値を稼ぎつつ、対プレイヤー戦にも慣れておきたいところだ。

「う〜ん、流石《さすが》に道中のプレイヤーに戦いを挑むのは気が引けるような……」

そうして彼女が考え事をしながら歩いていた時だ。徹夜の疲れもあって、道端に立っていたプレイヤーにぶつかってしまった。

「わっ、ごめんなさい！　わたしってばボーッとしてて……！」

「フンッ、気を付けなさいよね——って、アンタはたしか……」

「えっ、あぁあああっ!?」

コリンの口から悲鳴じみた声が漏れた。相手の顔を見た瞬間、恐怖で身体《からだ》が震えあがる。

そう……なぜなら彼女がぶつかった相手こそ、一週間ほど前にコリンを殺そうとしてきたプレイヤーキラー・シルだったからだ。

ゲーム内でぶつけられた本気の悪意と殺意を、今でもコリンは覚えている。

「なっ、なんでアナタがこんなところにいるんですか!?」

思わず叫んでしまうコリン。しかしシルのほうは「あん？」と小首を傾《かし》げるだけだった。

「なによ、アタシが街をうろついてちゃいけないっての？」

「いっ、いえ、そんなことはないですが……！」

「じゃあどっかに行きなさいよ。……あぁそれと、もうプレイヤーキラーは辞めたからそんなにビクビクしなくていいわよ」

そんなシルの一言にコリンは「えっ!?」と驚いてしまう。

〝あんなに嬉々《きき》として人を害そうとしてきた女が、プレイヤーキラーを辞めた……!?〟

一体それは何の冗談だろうか。

「えぇ……嘘《うそ》ですよね……？　あんなに楽しそうに人を追い回してきた異常者さんが、いきなり真人間になるわけないじゃないですか……どう考えても人格終わってましたし……」

「んなッ!?　テ……テメェ、ずいぶんと言ってくれるじゃないの……！」

「えっ、あっ、あぁあああっ!?」

バッと口をふさぐコリンだがもう遅い。驚きのあまり、ついつい本音が漏れてしまった。

「ごごごごごっ、ごめんなひゃいーーーーーっ！」

流石にこれはマズすぎる！　どう考えてもマジギレ確定だ！

ネコミミと尻尾をビクゥーッと立てながら、コリンが急いで逃げようとした――その時、

「はぁ……まぁ別にいいわよ。アタシもちょっと悪質だったって自覚はあるし」

――なんとシルは怒鳴ることもなく、頬を掻《か》きながら反省じみた言葉を吐いたのだ……！

これにはコリンもまたビックリだ。思わずシルの額に手を当ててしまう。

「えっ、ちょっ、異常者だったアナタがそんな殊勝な言葉を……!?　ね、熱でもあるんで

すか!? それともニセモノッ!?」

「って本当に失礼な女ねぇアンタはッ!」

いよいよブチ切れるシル。これにはコリンも「ひゃー!?」と声を上げて距離を取った。

「チッ……リアルでもいるのよねぇ、考えなしに人をイラつかせるアホは。こっちが親やらなんやらの圧力で必死こいてイイ子ちゃんぶってるってのに……」

「えっ、アナタってリアルではイイ子ちゃんなんですか?」

「そりゃあもう。こう見えて委員長とかやってたり……って、ンなことどうでもいいでしょ! それよりもアンタ、ぶっ殺してやるから面《ツラ》貸しなさいよ」

「えーーーー!?」

さっきプレイヤーキラー辞めたって言ったじゃないですかー!? と、今日何度目かの悲鳴を漏らすコリン。しかしシルは首を横に振り、親指で壁のポスターを示した。

「な、なんですかコレ? えーっと……えっ、『バトルロイヤルイベント・プチバージョン』が開催!?」

「そ。大事な大会前の一日を、アンタみたいなアホネコ一匹のために割くわけないでしょ?――だから一緒にコレに出ましょうよ。他のプレイヤーたちとやり合って対人戦の予行演習をしつつ、正式な場で殺し合おうってわけ」

「なるほどぉ……」

それはいいかもしれないと思った。

ちょうどコリンも対人戦の経験を積みたかったところである。多くのプレイヤーを倒せばそれなりの経験値は手に入るだろうし、まさにうってつけだ。

それに何より、

「……いいですね、やりましょう。いつまでもアナタに対してビクビクしているのは嫌ですからね。ここでボコッて、トラウマを克服させてもらいますよ」

「ハッ、ついさっきまでブルッてたくせに言うじゃないの。じゃあ行きましょうよ、ぶっ殺してやるわぁ！」

「こちらのセリフです！」

雑踏の中を歩いて行く二人。

見た目だけなら小柄で可愛《かわい》らしい彼女たちだが、あふれる闘志と殺意によって通行人たちが自然と道を開けていく。

……だがしかし、そんな二人に興味津々で近づいていく変わり者もいて……。

「――なに、『本日より実装！　好評につき、バトルロイヤルイベント・プチバージョン常時開催！』だと……!?」

こうして少女たちは、背後より恐るべき魔王が迫ってきているとも知らず、戦場へと赴いていくのだった。

第二十六話　女の意地だよコリンちゃん！

「次の獲物、発見――ッ！」

鬱蒼《うっそう》と茂る森の中、短刀を手にコリンは駆ける。

コリンのジョブは『キリガクレ』。スピードに特化した剣士系の派生職である。

彼女の身体が小さいことも相まって、狙われたプレイヤーは接近に気付けない。

「――アーツ発動、『旋風一閃《いっせん》』！」

「なっ、ぐぁあああっ!?」

そして刎《は》ね跳ぶ敵プレイヤーの首。背後から振るわれた刃は見事にクリティカルダメージを叩《たた》きこみ、獲物のＨＰを一瞬で消し飛ばした。

その瞬間、フィールド上空に巨大なメッセージウィンドウが表示される。

プレイヤー：ヒイラギさんが倒されました！
残りプレイヤー数：69！

「ふぅ……これで五人目と」

周囲に誰もいないことを確認し、軽く息を整える。

――NPCへの参加表明後、わずか数秒ほどで彼女は森に転移された。

登録受付用のNPCは街中に数多くいるため、ほぼ同じタイミングで百人目のプレイヤーがエントリーしたのだろう。

ちなみに転移先は完全ランダムらしく、同じNPCから登録したシルはどこか別の場所で戦っているようだ。

「ま、あの性悪女ならそう簡単にやられないでしょう。わたしと戦う前に死んだら笑ってやりますけどね～」

ニヒニヒと笑うコリン。

一週間ほど前にはシルに追い詰められた彼女だが、今は多少の自信があった。

「ふっふ～ん。三人ほど敵プレイヤーを倒したところで、50レベルになっちゃったんですよね～！　これでセカンドジョブゲットです！」

ステータス画面を開くと、そこにははっきりと『セカンドジョブ：登録可能』の文字が。

それを見ながらコリンは唸《うな》る。

「ん～どうしましょうかねぇ？　一度選んだジョブは変えられないんですから、落ち着いたところでじっくりと決めるのが一番なんですけど……」

ここは戦いの場である。ステータスをいじっている間に奇襲を食らって死亡したら本末転倒だろう。

そう考えるコリンだったが、セカンドジョブの力で憎きシルをボコボコにしたいという気持ちもあった。

そうしてしばし悩んだ結果……。


「……周囲に誰もいませんし、候補はいくつか決めてますからね！　よし、やっちゃいましょうッ！」


——結局、彼女は欲望に負けてしまうのだった。

セカンドジョブ登録の項目をタップし、目の前に現れた職業一覧をすいすいと見ていく。

「う〜ん、やっぱり武器に属性効果を宿せるようになる『エンチャンター』がベストですかねぇ……？　筋力を上げれたり無手でもアーツを使えるようになる『グラップラー』もありですし……あっ、幻惑系のアーツが使える『クラウン』もありですねぇ！　幻術が使えたら忍者っぽくなりますしっ！」

目をキラキラと輝かせるコリン。自身の強化された姿を夢見てだらしなく頬を緩ませる。

一応バトルロイヤルの最中なのだが、これも仕方がないのかもしれない。ゲーマーにとって一番楽しい瞬間は、やはり今後のプレイを大きく左右するようなステータス決定の時なのだから。

それも絶対にミスが許されない職業決めともなれば、緊張するのと同時に期待で胸が高鳴ってしまう。

「う～ん、これもいいし－、これも－……！」

――そうして彼女が夢中で指を動かしている時だった。不意に、コリンの頭上に影が差す――！

「メスガキみーつけたっとッ！」

「えっ、きゃぁあああああ－－－!?」

気付かない内に接近していたシルが、コリン目掛けて斬りかかったのだ！

咄嗟《とっさ》に横に転がるコリン。敏捷《びんしょう》値特化のステータスなだけあり、紙一重で大剣の一撃を掻い潜《くぐ》る。

そして、

……だがその瞬間、彼女の指が表示していたウィンドウに触れてしまった。

おめでとうございます！　コリンさんは『魔法使い』のセカンドジョブを獲得しました！

以降、ジョブを変更することは出来ません！

「あっ……ああああああああああーーーーーーーーーッ!?」


目の前に現れるシステムメッセージ。それを見た瞬間、コリンは大絶叫を張り上げた！

そんな彼女の奇行っぷりにシルはわずかに引いてしまう。

「なっ、なによアンタ……一人でニタニタしてると思ったら、次は世界が終わったような顔して……」

「だっ、だってしょうがないじゃないですかぁ！　わたし、セカンドジョブを決めてたんですよぉおお……ッ！　それなのに、『魔法使い』になっちゃうなんてぇ……！」

ポロポロと涙をこぼすコリン。悪いのは戦場でステータスをいじっていた自分だという自覚はあるが、これはあんまりだと泣き喚《わめ》く。

なぜなら彼女が事故で選んでしまった『魔法使い』は、魔力値がなくては全く意味のない職業だからだ。

状況を理解したシルは「あ～そういうこと……」と呟《つぶや》いた。

「『魔法使い』といえば、攻撃魔法のアーツしか使えない基本ジョブだったわよね。んで攻撃魔法の威力は、プレイヤーの魔力値によって決定されるんだっけ？」

「そうですよぉッ！　属性を付与するだけのエンチャンターと違って、魔力値がなければ意味がないジョブなんですッ！　そ、そんなのわたし、ゼロに決まってるじゃないですかぁ～……！」

至福の時から一転、もはやコリンには絶望しかない。

彼女のメインジョブである『キリガクレ』は、剣士からの派生職である。攻撃方法は短刀を振り回すことのみであるため、魔力値なんて一度も割り振ったことがないのである。

今ここに、魔力絶無の魔法使いという新クソステータスプレイヤーが誕生したのだった。

「うぇえぇぇぇぇんっ、もう終わりですよぉおぉぉぉぉ～～……！」

座り込んで泣き喚くコリン。深く暗い森の中に少女の嗚咽《おえつ》が響き渡る。

──だがしかし、

「それがどうしたんだっつーのォッ！」

一喝しながらシルはコリンを蹴り飛ばした！

「きゃぁあああっ!?」

悲鳴を上げながら宙を舞うコリン。数メートルほど蹴り飛ばされたところで太い木の幹に激突し、喉から「げほッ!?」と空気が漏れる。

「ったく、敵を前にしてピーピー泣き喚いてるんじゃないわよ……！」

がりがりと頭を掻《か》きながら近づくシル。

彼女の瞳に、哀れみなどという感情は一切浮かんでいなかった。

そこにあるのは、激しい怒りと殺意だけだ。

「ひっ⁉ ウ、『ウィンドショット』！」

咄嗟に魔法を放つコリン。近づいてくる少女に対して手を広げ、風の弾丸を発射する。

だがそれは、シルに当たった瞬間に髪を乱した程度で消えてしまった。

「あっ、そんな……！」

まったくもってHPを削った様子がない。改めてコリンは、自分がとんでもない選択ミスをしてしまったことを自覚する。

「はっ、無様ねぇ。もはや笑えもしないわぁ」

乱れた髪を掻き上げながら、ついに宿敵はコリンの目の前に立った。

赤き大剣が妖しく輝く。ただでさえ大剣という武器はゲーム中トップクラスの攻撃力を持っている上、シルの持つ武器は前回のイベントにおける最高級アイテムだ。アレに斬られたが最後、敏捷値特化のコリンは一撃でやられてしまうだろう。

しかし、それが分かっていようがもはやコリンは抵抗しない。その場にへたれこみ、ぽろぽろと涙を流す。

「は、はは……やりたいなら、やっちゃってくださいよぉ……！」

もう、歯向かうような気力などない。

キャラを消すしかないほどのミスを犯し、彼女のメンタルはボロボロになっていた。

そんなコリンに対し、シルは大剣を振るわんとした——その刹那、

「……ぶっ殺す前に一つ聞くわ。キャラ作りを一つミスって腑抜《ふぬ》けるようなら、ウチの魔王様はどうなるのよ？」

「っ……!?」

魔王様。その単語を聞いた瞬間、消沈していたコリンは耳元をピクリと動かした。

そういえばと思い出す。ゴミ職業と最弱武器とクソステータスでトップに立った、あのプレイヤーの存在を。

「あぁ……アナタって、あの人に動画チャンネルを乗っ取られてギルドの仲間になったんでしたね……」

「って動画チャンネル乗っ取られた件を蒸し返すなバカッ！　街歩いててもたまに『あ、チャンネル奪われたシルさんだ！』って指差してくるヤツがいて腹立つのよッ！」

地団駄を踏みながら怒鳴るシル。

かの魔王が彼女を含めたプレイヤーキラーたちを返り討ちにし、チャンネルを奪って運営に宣戦布告した一件は、ネット世界で伝説となっている。

そのことを思い出して恥ずかしげに唸るシル。そんな彼女の意外な姿に、コリンはわずかに恐怖心が薄らいだ。

「あはは……そうでしたね。例のあの人はネットの嘘《うそ》を鵜呑《うの》みにしてダメダメキャラを作ったのにもかかわらず、気合でトッププレイヤーになったんでしたね……」

「そう、発想力がおかしいのよウチのボスは。この前も巨大モンスターを腹の中からやっつけたって話だし。……そんな風にやりたい放題やってるやつがいるって知っちゃったらさぁ、もうプレイヤーキラーとか陳腐《ちんぷ》すぎてやってらんないでしょ？」

それはたしかに、とコリンは苦笑しながら頷《うなず》く。

プレイヤーキラーの醍醐味《だいごみ》はその背徳感にある。セオリーから外れ、好き勝手に生きるからこそ心地いいのだ。

ゆえにこそ、運営の想定を完全に無視した暴虐プレイをかましている人物を知ってしまっては、もう格下をいじめて泣かせるだけのプレイなどしてても虚《むな》しいだけだろう。

運営から金までふんだくっている『真の悪党』を知った以上、プレイヤーキラーなどチンピラに過ぎない。

「見ているだけで飽きないようなアイツだからこそ、アタシは付いていこうと決めたのよ。んでアホガキ、アンタはどうすんのよ？　クソみたいな組み合わせで最強になった魔王様を知っていながら、アンタは大人しく諦めるわけぇ？」

嘲笑を浮かべながら問いかけてくるシル。

――コリンは数瞬、言葉に迷った。

自分とあの人は違う、自分にあの人みたいな発想力や気合はないと、弱気な返答だけが浮かぶ。

だがそのたびに思うのだ。そんな言葉を放った瞬間、自分は本当にダメになってしまうと。

ああ、あの魔王ならば……ユーリならきっとこう答えるだろう。

〝諦めるわけがねぇだろバァァァカッ！〟と——！

「フッ、フフ……本当に、あの人のことが羨ましくなっちゃいますよ……！」

地味で凡人なコリンだからこそ強く想《おも》う。自分だって、あんなふうに好き勝手に生きてみたいと。

リアルでは決して無理だ。自分に堂々とした生き方なんて似合わない。

だけど、ゲームならば……自由に生きることが許される、この世界ならば……！

そして——！

「——諦めるわけが、ないでしょうがバァァァカッ！！！」

叫びと共に、コリンは勢いよく立ち上がった！

そしてシルの顎へと『頭突き』をかまし、一瞬意識を怯《ひる》ませる——！

「ぐぁっ!?　て、てめぇ！」

大剣を振るうシルだがもう遅い。

コリンは素早く飛び上がり、枝の上へと降り立っていた。

「……ありがとうございます、アナタのおかげで気合が入りましたッ！」

「はぁ!? べっ、別に励ましたわけじゃないんだから変な勘違いしないでよね!?」

ぷりぷりと怒る宿敵にコリンは微笑《ほほえ》む。彼女のことだから本当に励ます気などなかったのだろうが、それでも吹っ切れることができたのは事実だ。

ゆえにその礼は、刃で伝えるのみ。

コリンは涙を拭い払うと、短刀の切っ先をシルへと向けた——！

「いきますよ、シルさんッ！」

「かかってきなさい、コリンッ！」


——かくしてここに、少女たちの激闘が幕を開けた。


「ハァァアアアアアーーーーッ！」

枝の上から攻め込むコリン。鍛え上げた敏捷値を活《い》かし、弾丸のごとく相手に向かう。

しかしシルには通用しない。レベルだけならコリンのほうが10近く上なのだが、対人戦の経験自体は元プレイヤーキラーである彼女のほうが濃密だ。

高速の一撃を直感で捉え、大剣を振るって弾《はじ》き飛ばす——！

「甘いわよッと！」

「チィッ、まだまだぁ！」

簡単に攻撃を捌《さば》かれたものの、コリンはもう怯まない。空中で身をひねって着地し、再び突撃していく。

それもあっさりと弾かれたとしても、何度も、何度もだ。

「せいッ、はぁああッ！」

火花を散らす鋼と鋼。全方位からコリンはぶつかり、そして弾き飛ばされる動作を繰り返していく。

時には地面を転がされるも、瞳の闘志は燃え尽きない。

「まだ、まだぁ……！」

そうして幾度とぶつかっていく中、コリンは思考を巡らせていた。

（まるで相手にされていない……。やはり、シルさんのプレイングスキルは自分よりも圧倒的に上……！）

――『才能』という嫌な言葉が脳裏をかすめる。

コントローラーを動かすだけのゲームとは違い、ＶＲゲームは現実の運動センスが重要になってくる。

ゆえに重度のゲーマーだろうが、現実で『ダメな人間』はゲーム内でもダメというどうしようもない問題が発生していた。

そしてコリンは、どちらかといえば『ダメな人間』の部類である。ゲームでも現実でも、クラスの委員長のような『出来る人間』とは隔たりを感じていた。

ああ、ならば今回も諦めるか？

堂々と宣戦布告をしておいて、つまらないミスでしょげて、そして立ち直ったというのにやはりダメでしたと白旗を上げると？

——ふざけるな。いくら『ダメな人間』だろうが、そんな無様を晒《さら》して堪《たま》るかッ！

「女の意地にかけて、アナタにだけは絶対に勝つッ！」

叫びながら、コリンは数十回目の突撃を行った。

ここに至るまであらゆる角度から斬りかかったが、シルには全て防がれてしまった。

流石《さすが》は魔王の手下だけある。ユーリというストイックなプレイヤーがそこらの雑魚をギルドに入れるわけがなかったのだ。

——ゆえにこそ、コリンは正面からの特攻を選んだ。

短刀を逆手に構え、宿敵目指して真《ま》っ直《す》ぐに駆ける。

「はぁあああああーーーーーッ！」

「チッ、いい加減にうざくなってきたわねぇ。もういいわ、死になさいよアンタッ！」

瞬間、シルの大剣が赤く禍々《まがまが》しく輝いた。

斬撃系アーツ発動のサインである。ただでさえ強力な大剣の一撃に威力補正まで加わったら耐えられたものではない。

特にコリンは防御力に乏しく、短刀ごと真っ二つにされてしまう可能性もあった。

——だがしかし、コリンは一切減速しない。

それどころか身を低くすることで風の抵抗を減らし、攻撃圏内へと高速で踏み込んでいく。

「なっ、アンタ何考えてんの!?」

「さぁ、何なんでしょうねぇッ！」

ついに、二人の距離は二メートルもなくなった。

大剣を全力で振りかぶるシル。飛んできたボールを打ち飛ばさんとするバッターのごとく、絶好のタイミングで攻撃を放つ——！

「死ねぇッ！　アーツ発動、『ギガスラッシュ』！」

かくして、大剣の切っ先がコリンの横顔にまで迫った——その時、

「今ですッ！　アーツ発動、『ウィンドショット』ッ！」

彼女は風を放つ魔法を、背後に広げた手より放った——！

その瞬間、コリンの身体《からだ》はまさかの緊急加速をかまし、大剣の一撃を掻《か》い潜《くぐ》ったのだ！

「なんですってぇ!?」

驚愕《きょうがく》の声を上げるシル。まさか攻撃魔法を『ブースター』としてくるとは思わなかった。

そして、斬撃によって威力が発生する部分は切っ先から刀身のみである。
懐まで踏み込まれてしまえば、もはやシルに抵抗できる手段などなかった。

刹那の瞬間、二人の瞳が至近距離で交わり――、

「終わりです。アーツ発動、『旋風一閃《いっせん》』ッ！」

放たれた音速の斬撃が、シルの喉元に食い込んだのだった。

第二十七話　女の意地だよ、シル&コリン！

――森の中で行われた少女たちの激闘。

それに打ち勝ったのはコリンのほうだった。

普通に使えば弱いだけの魔法を加速装置にすることを考え、見事に勝利をもぎ取ったのだ。

だがしかし、

「……あっぶなー。マジで死ぬかと思ったわ……」

「あっ、あわわわわ!?」


……カッコつけて『終わりです』と言い放ったコリンだったが、シルは普通に生きていた。

というのも最後の瞬間、コリンの手にしていた短刀が砕け散ってしまったのだ。

大剣相手に何度もぶつかることになったのだから、むしろよく持ったほうである。

「ああああああ～……！　せっかく勝ったと思ってたのにぃ～……！」

再び泣き崩れてしまうコリン。魔法の利用法ばかりを裏で考えていて、武器の耐久値についてはうっかり忘れていたのだ。

相変わらずの自分のダメさに嫌気がさしてしまう。


だが、そんな彼女にシルはすっと手を差し伸べた。


「ふぇ？」

「チッ……アホみたいな結果に終わっちゃったけど、でも最後の一瞬、アンタは確実にアタシを上回っていたわ。攻撃魔法を動きの補助に使ってくるなんて、どっかの魔王様みたいなアイディアねぇ」

片手で喉をそっと撫《な》でるシル。そこには決して浅くはない傷が刻まれていた。

当たった瞬間に刃が砕けてしまったから無事だったが、あと少しでも耐久値が残っていたら、こうして立ってはいられなかっただろう。

「ほらコリン、さっさと立ちなさいよ。そんで予備の武器を出したら、もう一回やりましょ？」

「っ、はい！　今度はバッチリ勝っちゃいますからね、シルさん！」

差し出された手を取ってコリンは立ち上がる。

もはやシルに対して感じていた恐怖心なんて微塵《みじん》もない。今はとにかく、目の前の最高の宿敵《ライバル》と殺し合いたい気持ちでいっぱいだった。

「ふふっ、ユーリさんもスキンヘッドさんに対してこんな気持ちを抱いてるんでしょうかねぇ？」

「いやぁ～アイツらは絶対に恋愛感情とか混じってるでしょ。たぶんリアルで付き合ってるわよ、あの二人」

軽口を言い合いつつ、少女たちは武器を構えて向かい合う。

そうして、お互いに斬り合わんとしていた——その時、

「アーツ発動、『ファイヤーボール』！」

「アーツ発動、『斬空閃《ざんくうせん》』！」

「アーツ発動、『バーストショット』！」


魔法が、真空刃が、無数の矢が、二人に目掛けて飛来した！


「ッ!?」

咄嗟《とっさ》に反応するコリンとシル。互いに背を寄せ、短刀と大剣を振るって攻撃を凌《しの》ぐ。

しかし突然の奇襲ということもあり、いくつかの攻撃が少女たちの身体を掠《かす》めていく。

「なっ、何なんですかいきなり!?」

「しょーがないわよコリン。だってこれは、バトルロイヤルなんだからねぇ……」

そうシルが答えた瞬間、周囲の茂みより十人ほどのプレイヤーたちが姿を現した。

彼らは武器を構えながら、ゆっくりと二人を包囲していく。


「へへっ、さっきので倒れないとはやるじゃねーか……！」

「だから全員で潰させてもらうぜぇ」

「悪く思うなよ、嬢ちゃんたち……！」


集団でにじり寄るプレイヤーたち。

卑劣に思える光景だが、強力な相手は数の力で排除するというのがバトルロイヤルルールの鉄則である。

狙われたコリンとシルもそれはわかっているものの、二人仲良く「「チッ」」と舌打ちを漏らした。

「もうっ、邪魔しないでくださいよ！　せっかくいいところだったのに！」

「そうよ！　これから女同士で殺《ヤ》り合うところだったんだから、どっか行きなさいよね！」

プンスカと怒る二人だが、それで敵プレイヤーたちがハイそうですかと退散してくれるわけがない。

むしろ「オレたちも交ぜてくれよ」と言いながら、完全に周囲を取り囲む。

そうして逃げ場がなくなったところで、彼らは一斉に少女たちへと襲い掛かった――！

「くっ、やるわよコリン！」

「えぇシルさん！」

武器を構えて頷《うなず》き合う二人。共に生き残って決着《ケリ》をつけようと誓い合う。

かくして、集団で襲い来る敵を前に少女たちが身構えた――その時、

「――人の喧嘩《けんか》に、割り込んでんじゃねぇぞオラァアアアーーーーーッ！」

叫びと共に、大量の武器がプレイヤーたちに降り注いだ！

『ぎぁあああああーーー!?　なんじゃこりゃぁああああああッ!?』

そして炸裂《さくれつ》する魔剣や魔槍《まそう》の状態異常の大盤振る舞い。身体を裂かれたプレイヤーたちは絶叫を上げながら炎上し、感電し、毒に侵されて凍結し、断末魔を上げながら消滅していく……！

「ひえっ、これは……!?」

「うっげぇ、まさかぁ……ッ!?」

助けられたコリンとシルだが、その表情はヒクつくばかりだ。

二人はものすごく嫌そうな顔をしながら、武器の飛んできたほうを見た。

ああ、そこにはやはり――、

「よぉーお前ら！　遠目に見てたがいい戦いだったぜー！」

フレンドリーに手を上げながら現れたのは、このゲームにおける最凶のプレイヤー『魔王ユーリ』だった。

「「うわぁ出た〜〜〜……！」」

魔王を前に何歩も後ずさるコリンとシル。

決してユーリのことが嫌いなわけではないが、それはあくまでも人間としてである。敵として会うなら、これ以上恐ろしい人物はいない。

「ってなんだよお前らっ!?　助けてやったのにバケモノに会ったような反応しやがって！」

「いやいやいやいや、バケモノでしょうがユーリさんは！　街の中で会うならまだしも、『バトルロイヤル』の場で居合わせたら誰だって嫌な顔しますよッ！」

そう、この場にいるということは魔王ユーリも殺し合いの参加者なわけである。

お邪魔虫なプレイヤーたちから助けてくれたのはありがたいが、手放しに喜べるわけがない。

一体どうしたものかと悩む二人だが、ユーリはあっけらかんとした様子で「安心しろ」と笑ってみせた。

「そりゃあ俺は敵なわけだが、さっきの連中みたいな野暮な真似《まね》はしないっての。むしろ二度と邪魔が入らないよう、辺りを静かにしてやるよ……！」

そう言って指を鳴らした瞬間、ユーリの頭上に闇色の魔法陣が現れた――――！

禍々《まがまが》しい光が森を染め上げ、瘴気《しょうき》によって澄んだ空気が穢《けが》されていく……！

「「あわわわわわッ!?」」

抱き合いながら身を震わせるコリンとシル。そんな少女たちの恐れも無視し、美貌の魔王はニッと笑って高らかに叫ぶ。

「さぁモンスターたちよ、邪魔者どもを一掃しろッ！　必殺アーツ発動ッ、『滅びの暴走召喚』――――！」

――かくしてここに終わりが始まる。

空中に現れた魔法陣より、百体もの超高レベルモンスターたちが森に放たれた。

そして轟《とどろ》く断末魔。フィールドのあちこちよりプレイヤーたちの混乱と恐怖の叫びが響き渡り、捕食音や破裂音が少女たちの耳朶《じだ》を震わせる……！

「ハハハハハッ！　さぁ暴れろよモンスターどもッ！　明日のイベント本番に向けて、プレイヤーたちをたらふく喰《く》っとけ！」

『グガァアアアアアアアアーーーーーーーーーーーーッ！』

……もはや地獄絵図である。

魔王とその使い魔たちの楽しそうな笑い声が響く中、コリンとシルは呆然《ぼうぜん》と真上を見上げた。

ああ、そこには——、

プレイヤー：ローコさんが倒されました！　モロヘイヤさんが倒されました！　テトラさんが倒されました！　ナイカナさんが倒されました！　ジライゲンさんが、ハナムケさんが、アキトさんが、ヨーランさんが、ゴサクさんが、ワオンさんが、ミイさんが、ニョーロさんが、イルカさんが、ケイさんが、アヒルさんが、トーフさんが、ルリさんが、ホッキョクギツネさんが、ボンコツさんが、ユーナさんが、アッシさんが、ツキミさんが、カネナリさんが、イマイマイさんが、ホワスノさんが、ホウさんが、リイヌさんが、ナツキさんが、マグロさんが、ヤトギさんが、クロスさんが、ハルヤマさんが、アサナギさんが、クェンさんが、トーカさんが、ハルセさんが、ゴリラさんが、キラさんが、セイホーさんが、ハイレンさんが、スカーレッドさんが、パクリダさんが、コノタローさんが、カダスさんが、ハダンさんが、オタコさんが、アキラーメンさんが、ヨータさんが、アサクさんが、サワチーさんが、イズミさんが、アロハザチョーさんが、合計52名のプレイヤーが倒されました！

残りプレイヤー数：3！

「うっわぁぁあ～～～～～～～……！」


空中に表示されたシステムメッセージを見て、少女二人はドン引き状態だ。

わずか数十秒にして森中の人間が虐殺され、生き残ったのは自分たちと目の前の魔王だけになってしまったのである。

やはりコイツはバケモノだと、同じギルドのシルですら思う。

「よーしスッキリしたなぁ。さぁお前たち、心おきなく殺し合えよ！　そんで生き残ったほうは俺とタイマンなっ！」

ニコニコと笑う魔王ユーリが恐ろしい。こんなモンスターや武器を山ほど投げてくる相手とタイマンなど、金を払ってもやりたくはない。

コレと嬉々《きき》として戦いたい者など、スキンヘッドのような一部の戦闘狂くらいだろう。

そう思うコリンとシルだったが……、

「……めちゃくちゃ怖いですけど、いつか挑んでやろうとは思ってたんですよねぇ。わたし、この人に前回のイベントでぶっ殺されましたから」

「あら奇遇ねぇコリン。アタシもコイツには酷《ひど》い目にあわされたのよ」

奇《く》しくも、前回のバトルロイヤルにおいて共にゴミのように殺された二人である。ユーリに対して憧れに似た感情を抱いているのと同時に、晴らさなければいけない借りもあった。

「ねぇシルさん、ここはひとつ……」

「ええ、共同作業と行きましょうか――！」

少女二人は笑いながら武器を構え、その切っ先をユーリへと向けた。

対する魔王は戸惑わない。わずかに虚を突かれたような表情をするも、一瞬後には「そう来るかぁ」と呟《つぶや》き、ニィイイイッと口元をほころばせる……！

「いいじゃねぇか燃えるじゃねぇかぁッ！　ライバル同士の共闘相手に選ばれるとは、最高に悶《もだ》えるシチュエーションじゃねぇかッ！　いいぜぇこいよ、殺し合おうやァーーーッ！」

そして広がる魔の光景。

ユーリの周囲に漆黒の光を放つ矢の群れが現れ、さらに無数の魔法陣より魔剣や魔槍が切っ先を覗《のぞ》かせる。

ああ、どう見てもボスモンスターである。その羨ましくなるような美貌も含め、『ブレイドスキル・オンライン』の顔になるほどのインパクトはあると少女たちは思った。

「はぁ～まったく。β時代はもっと落ち着いたゲームだったのに、この人のおかげで騒がしくなっちゃいましたねぇ」

「ウチの魔王様が悪いわねぇコリン。いっちょここでボコりまくって、ゲームの顔役の座を奪ってやりましょうよ」

冷や汗を流しながらも笑い合うコリンとシル。

たとえ勝率は低かろうが、決して敗北など考えない。

――どんな困難も気合と根性さえあれば打ち砕けると、他ならぬ目の前のバケモノから学んだのだ。

「さぁっ、かかってこいやーーーーーーーッ！」

「「言われなくてもーーーッ！」」

楽しそうに笑う魔王を前に、少女たちは駆けだした。

無数の魔装が殺到しようが恐れない。いいやむしろ、こんなにスリリングな体験はＶＲゲームでしか味わえないだろうと喜びながら、ユーリ目掛けて襲い掛かる。

こうして二人はイベント前の一日を、魔王と共に最高の気分で楽しんだのだった。

あとがき

美少女作者こうりーーーんっ！

はじめましての方ははじめまして、馬路まんじです！！！

顔出し声出しでバーチャル美少女ツイッタラーをしてるので検索してね！

＠mazomanzi　←これわれのツイッターアカウントです！　いえい！！！

同時期に出した作品と同じくもはやあとがきを書いてる時間もないので、とにかく走り書きでいっぱいビックリマークを使って文字数を埋めていきますッッッッ！！！！

というかだいたいコピペです！！！！！！！！！　おらぁあああああ！

『ブレイドスキル・オンライン』第2巻、いかがだったでしょうか！！！？

ナーフくらった主人公がなぜかさらに強くなって暴れる謎巻です！！！！！

はい、なんかもう同じくオーバーラップから出る『底辺領主の勘違い英雄譚《たん》』3巻とか他2冊くらい仕事が溜《た》まってるのであとはもうざっくりいきます！

＠このたび、ブレスキのコミカライズが決まりましたああああーーーーー！　いえい！

さらにブレスキ2巻の発売と同時期に漫画版『底辺領主』のコミックも発売されるのでチェックしてくださいねー！！！！

そしてWEB版を読んでいた上に書籍版も買ってくださった方、本当にありがとうございます！！！！！！　今まで存在も知らなかったけど表紙やタイトルに惹《ひ》かれてたまたま買ってくれたという方、あなたたちは運命の人たちです！！　ツイッターでJカップ猫耳メイド系バーチャル美少女をやってるので、購入した本の画像を上げてくださったら**「弟くんっ♡」**と言ってあげます！！！！！！！！　**美少女爆乳メイドお姉ちゃん交換チケット**として『ブレスキ』を友達や家族や知人や近所の小学生やネット上のよくわからないスレの人たちにぜひぜひぜひぜひオススメしてあげてくださいい！！！！！！！！　よろしくお願いします！！！　ツイッターに上げてくれたら反応するよ！！！

そしてッ！　この場を借りて、ツイッターにてわたしにイラストのプレゼントやア○ゾン欲しいものリスト（**死ぬ前に食いたいもののリスト**）より食糧支援をしてくださった方々にお礼を言いたいです！！！！！！

高千穂絵麻（たかてぃ）さま、皇夏奈ちゃん、磊《こいし》なぎちゃん（ローションくれた）、おののきももやすさま、まさみゃ〜さん、破談の男さん（**乳首ローターくれたり定期的に貢いでくれる……！**）、たわしの人雛田黒さん、ぽんきちさん、無限堂ハルノさん、明太子まみれ先生（イラストどちゃんこくれた！）、がふ先生、イワチグ先生、ふにゃこ（ポアンポアン）先生、朝霧陽月さん、セレニィちゃん、リオン書店員さん、さんますさん、Harukaさん、黒毛和牛さん、るぷす笹さん、味醂味林檎さん、不良将校さん、№8さん、走れ害悪の地雷源さん（人生ではじめてクリスマスプレゼントくれた……！）、ノベリスト鬼雨さん、パス公ちゃん！（イラストどちゃんこくれた！）、ハイレンさん、蘿蔔《すずしろ》だりあさん、そきんさん、織侍《おさ》紗《さ》ちゃん（**こしひかり8kgくれた**）、狐瓜和花。さん（人生で最初にファンアートくれた人！）、鐘成さん、手嶋柊。さん（イラストどちゃん＋**ガンダムバルバトスくれた！**）、りすくちゃん（**現金くれた！**）、いづみ上総さん（**現金くれた！**）、蒼弐彩ちゃん（**現金くれた！！！！**）、ナイカナ・シュタンガジャンナちゃん（**現金くれた！！！**）、エルフの森のふぁる村長（**エルフ系Vtuber、現金くれたセフレ！**）、なつきちゃん（**現金とか色々貢いでくれた！！！！！**）、ベリーナイスメルさん、ニコネコちゃん（チ○コのイラスト送ってきた）、瀬口恭介くん（チ○コのイラスト送ってきた）、矢護えるさん（クソみてぇな旗くれた）、王海みずちさん（クソみてぇな旗くれた）、中卯月ちゃん（クソみてぇな旗くれた）、ＡＳＴＥＲさん、グリモア猟兵と化したランケさん（**プロテインとトレーニング器具送ってきた**）、かへんてーこーさん（**ピンクローターとコイルくれた**）、ぉ拓さんちの高城さん、コユウダラさん（**われが殴られてるイラストくれた**）、方言音声サークル・なないろ小町さま（**えちえちCD出してます**）、飴谷きなこさま、気紛屋進士さん、奥山河川センセェ（**いつかわれのイラストレーターになる人**）、ふーみんさん、ちびだいずちゃん（**仮面ライダー変身アイテムくれた**）、紅月潦さん、虚陽炎さん、ガミオ／ミオ姫さん、本屋の猫ちゃん、秦明さん、ＡＮＺさん、tetraさん、まとめななちゃん（**作家系Vtuber！　なろう民突撃じゃ！**）、Ｔ-ＲＥＸ＠木村竜史さま、無気力ウツロさま（牛丼いっぱい！！！）、雨宮みくるちゃん、猫田＠にゃぷしぃまんさん、ドルフロ・艦これを始めた北極狐さま、大豆の木っ端軍師、かみやんさん、神望喜利彦山人どの、あらにわ（新庭紺）さま、雛風さん、浜田カヅエさん、綾部ヨシアキさん、玉露さん**（書籍情報画像を作成してくれた！）**、幽焼けさん**（YouTubeレビュアー。われの書籍紹介動画を作ってくれた！　みんな検索ぅ！）**、レフィ・ライトちゃん、あひるちゃん**（マイクロメイドビキニくれた）**、猫乱次郎**（われが死んでるイラストとか卵産んでるイラストとかくれた）**、つっきーちゃん！**（鼻詰まり）**、一ノ瀬瑠奈ちゃん！、かつさん！、赤城雄蔵さん！、大道俊徳さん**（墓に供える飯と酒くれた）**、ドブロッキィ先生**（われにチ○ポ生えてるイラストくれた）**、葵・悠陽ちゃん、かなたちゃん**（なんもくれてないけど載せてほしいって言ってたから載せた）**、イルカのカイルちゃん**（なんもくれてないけど載せてほしいって言ってたから載せた）**、みなはらつかさちゃん**（インコ）**、なごちゃん、diaちゃん、このたろーちゃん、颯華ちゃん、谷瓜丸くん、武雅さま、ゆっくり生きるちゃん、秋野霞音ちゃん、逢坂蒼ちゃん、廃おじさん、ラナ・ケナー4歳くん、朝倉ぷらすちゃん**（パワポでわれを作ってきた彼女持ち）**、あきらーめんさん**（ご出産おめでとうございます！）**、そうたそくん！、透明ちゃん、貼りマグロちゃん、荒谷生命科学研究所さま、西守アジサイさま、上ケ見さわちゃん**（宣伝メイド！　キスしたら金くれた）**、シエルちゃん、主露さん、零切唯衣くんちゃん、豚足ちゃん、はなむけちゃん**（アヒルくれた）**、藤巻健介さん、Ssg．蒼野さん、電誅萬刃さん！、水谷輝人さん！、あきなかつきみさん、まゆみちゃん**（一万円以上の肉くれた）**、中の人ちゃん！、hakeさん！、あおにちゃん（**暗黒デュエリスト集団『五大老』の幹部、恐怖によって遊戯王デュエルリンクス界を支配している**）、八神ちゃん、22世紀のスキッツォイドマンちゃん、マッチ棒ちゃん～！、ｋｔ６０さん（!?）、珍さん！、晩花作子さん！、能登川メイちゃん（**犬の餌おくってきた**）、きをちゃん、天元ちゃん、の@ちゃん（ゲーム：『シルヴァリオサーガ』大好き仲間！）、ひなびちゃん、dokumuさん、マリィちゃんのマリモちゃん、伺見聞士さん、本和歌ちゃん、柳瀬彰さん、田辺ユカイちゃん、まさみティー／里井ぐれもちゃん（**オーバーラップの後輩じゃぁ！**）、常陸之介寛浩先生（**オーバーラップの先輩じゃぁ！**(;ω;)）、ゴキブリのフレンズちゃん（**われがアヘ顔Wピースしてるスマブラのステージ作ってきた**）、いるちゃん、腐った豆腐！　幻夜んんちゃん、歌華@梅村ちゃん（**風俗で働いてるわれのイラストくれた**）、三島由貴彦（**姉弟でわれのイラスト描いてきた**）、白夜いくとちゃん、言葉遊人さん、教祖ちゃん、可換環さん（**われの音楽作ってきた**）、佳穂一二三先生！、しののめちゃん、闇音やみしゃん（**われが○イズリしようとするイラストくれた**）、suwa狐さん！、朝凪周さん、ガッチャさん、結城彩咲ちゃん、amyちゃん、ブウ公式さん！、安房桜梢さん、ふきちゃん！、ちじんちゃん、シロノクマちゃん、亜悠さん（**幼少の娘にわれの名前連呼させた音声おくってきた**）、やっさいま♡ちゃん、赤津ナギちゃん、白神天稀さん、ディーノさん、ＫＵＲＯさん、獅子露さん、まんじ先生１００日チャレンジさん（１００日間われのイラストを描きまくってくれるというアカウント。**８日で途絶えた**）、爆散芋ちゃん、松本まつすけちゃん、卯ちゃん、加密列さん、のんのんちゃん、亀岡たわ太さん！（われのLINEスタンプ売ってる！）、真本優ちゃん、ぽにみゅらちゃん、焼魚あまね／仮名芝りんちゃん、異世界ＧＭすめらぎちゃん、西村西せんせー、オフトゥン教徒さま（オーバーラップ文庫：『絶対に働きたくないダンジョンマスターが惰眠をむさぼるまで』からの刺客）、kazuくん、釜井晃尚さん、うまみ棒さま、小鳥遊さん、ＡＴワイトちゃん（ワイトもそう思います）、海鼠腸ちゃん！**（このわたって読みます）**、棗ちゃん！**（なつめって読みます）**、東西南《きたなし》アカリちゃん**（名前がおしゃれー！）**、モロ平野ちゃん（母乳大好き）、あつしちゃん（年賀状ありがとー！）、狼狐ちゃん（かわいい！）、ゴサクちゃん（メイド大好き！）、朝凪ちゃん（クソリプくれた）、kei-鈴ちゃん（国語辞典もらって国語力アップ！）、Prof.Hellthingちゃん（なんて読むの!?）、フィーカスちゃん！、なおチュウさん（なんもくれてないけど載りたいって言ったから載せます！）、馬んじ**（われの偽者。金と黒毛和牛くれた）**、本当にありがとうございました―――！　ほかにもいつも更新するとすぐに読んで拡散してくれる方々などがいっぱいいるけど、もう紹介しきれません！！！！！　ごめんねえええそしてありがとねえええええええええええ！！！！！！！！！！！（;ω;）

そして最後に、今回も素晴らしいイラストを届けてくれたイラストレーターの霜降さんとッ、右も左も分からないわたしに色々とお世話をしてくださった編集の樋口晴大さまと製本に携わった多くの方々、そして何よりもこの本を買ってくれた全ての人に、格別の感謝を送ったところで締めにさせていただきたいと思います！　本当に本当にありがとうございましたあああああああ！　ファンレターもおくってねー！

最後の最後に、これ「小説家になろう」のマイページですのでぜひぜひお気に入り登録しといてください何でもしますから(;ω;)！！！　われの書いたいろんな小説がタダで読めまーす!!（手打ちでポチポチ押すのがだるい人は「なろう　馬路まんじ」で検索をー！）→https://mypage.syosetu.com/1339258/

いえーーーーーいっ！

作品のご感想、
ファンレターをお待ちしています

あて先
〒141-0031
東京都品川区西五反田7-9-5 SGテラス5階
オーバーラップ文庫編集部
「馬路まんじ」先生係／「霜降（Laplacian）」先生係

OVERLAP

ブレイドスキル・オンライン 2
~ゴミ職業で最弱武器でクソステータスの俺、
いつのまにか『ラスボス』に成り上がります!~

発　行　2021年4月25日　初版第一刷発行

著　者　馬路まんじ
発行者　永田勝治
発行所　株式会社オーバーラップ
〒141-0031　東京都品川区西五反田 7-9-5
校正・DTP　株式会社鷗来堂
印刷・製本　大日本印刷株式会社

Printed in Japan ISBN 978-4-86554-885-3 C0193

オーバーラップ文庫
COMIC GARDO
コミックガルド
にて
コミカライズ!
第6回オーバーラップ
WEB小説大賞
【大賞】受賞!!
黒鳶の聖者
〜追放された回復術士は、有り余る魔力で闇魔法を極める〜
[——今日が主役《おれ》の、始まりの日だ]
回復魔法のエキスパートである【聖者】のラセルは、幼馴染みと共にパーティーを組んでいた。しかし、メンバー全員が回復魔法を覚えてしまった結果、ラセルは追放されてしまう。失意の中で帰郷した先、ラセルが出会った謎の美女・シビラはラセルに興味を持ち——?
著 まさみティー
イラスト イコモチ
シリーズ好評発売中!!

オーバーラップ文庫
D級冒険者の俺、なぜか勇者パーティーに勧誘されたあげく、王女につきまとわれてる
この冒険者、怠惰なのに強すぎて――
S級美少女たちがほっとかない!?
勇者を目指すジレイの目標は『ぐうたらな生活』。しかし、勇者になって魔王を倒しても楽はできないと知ったジレイは即座に隠遁を試みる。だが、勇者を目指していた頃に出会い、知らず救っていた少女達がジレイを放っておくハズもなく――!?
著 白青虎猫 イラスト りいちゅ
シリーズ好評発売中!!

第9回 オーバーラップ文庫大賞
原稿募集中!
イラスト:KeG
紡げ、魔法のような物語!
【賞金】
大賞…300万円
(3巻刊行確約+コミカライズ確約)
金賞……100万円
(3巻刊行確約)
銀賞………30万円
(2巻刊行確約)
佳作………10万円
【締め切り】
第1ターン 2021年6月末日
第2ターン 2021年12月末日
各ターンの締め切り後4ヶ月以内に佳作を発表。通期で佳作に選出された作品の中から、「大賞」、「金賞」、「銀賞」を選出します。
投稿はオンラインで! 結果も評価シートもサイトをチェック!
https://over-lap.co.jp/bunko/award/
〈オーバーラップ文庫大賞オンライン〉
※最新情報および応募詳細については上記サイトをご覧ください。
※紙での応募受付は行っておりません。